DU MÊME AUTEUR

Aux Éditions Buchet-Chastel

PANORAMA CITY, 2014

Du monde entier

ANTOINE WILSON

BOUCHE-À-BOUCHE

roman

Traduit de l'anglais (États-Unis)
par Diniz Galhos

nrf

GALLIMARD

Titre original :

MOUTH TO MOUTH

À Chrissy

1

J'étais assis devant ma porte d'embarquement à l'aéroport JFK, après un vol de nuit en provenance de Los Angeles. Épuisé, perdu dans mes pensées, je songeais à ce que j'avais vu peu après le décollage, juste avant de m'assoupir, une scène à laquelle je n'avais encore jamais assisté à bord d'un avion.

J'étais installé du côté gauche de l'appareil, qui volait plein sud au-dessus l'océan, m'offrant ainsi une vue panoramique sur la ville dans la nuit : les éclairages ambrés des réverbères en pointillé sur les quartiers ; les guirlandes à bandes blanches et rouges du trafic autoroutier ; les gouffres noirs et mystérieux des plans d'eau et des parcs. Et puis soudain, je perçus une explosion de lumière, juste au-dessus du sol. Puis une autre : des stries éclosant telle une fleur en accéléré. Un feu d'artifice que j'observai jusqu'à ce que nous traversions le manteau nuageux.

Ce n'était pourtant pas un jour de fête.

Alors que je me faisais la réflexion qu'un spectacle absolument captivant depuis le sol pouvait, d'une autre perspective, se résumer à une simple étincelle au milieu d'une vaste étendue, j'entendis résonner un nom dans le hall.

« Jeff Cook, clamait une agente. Merci de vous enregistrer au comptoir de la porte d'embarquement 11. »

Un nom assez commun, mais qui piqua aussitôt ma curiosité. J'avais jadis connu un Jeff Cook, à Ucla[1], près de vingt ans plus tôt. Relevant la tête, je vis un bel homme d'une quarantaine d'années se diriger d'un pas énergique vers le comptoir. Il était vêtu d'un élégant costume bleu, sans cravate, avec des lunettes à monture transparente. Une paire de mocassins de luxe. Il donna son nom à l'agente et glissa sa carte d'embarquement et sa pièce d'identité sur le comptoir. Tandis qu'elle pianotait bruyamment sur son clavier, il s'appuya légèrement sur la poignée de sa très chic valise métallisée à roulettes.

De là où je me trouvais, je pouvais examiner le profil de ce Jeff Cook en détail. J'avais définitivement conclu qu'il ne s'agissait pas du Jeff Cook que j'avais connu et m'apprêtais à porter mon attention sur autre chose lorsqu'il tourna la tête dans ma direction. Je reconnus aussitôt ces pommettes hautes et larges, ce regard pénétrant.

C'était bien lui. Mais le fameux Jeff avait de longs cheveux bruns détachés, pas cette coupe d'homme d'affaires poivre et sel, taillée au cordeau. En outre, il avait pris du poids, s'était charpenté après l'université comme beaucoup d'entre nous qui avions encore continué à croître alors que nous nous croyions déjà des hommes bâtis.

À l'époque, nous n'étions pas amis au sens strict, plutôt des connaissances, mais Jeff était l'un de ces figurants du

1. University of California, Los Angeles, Université de Californie à Los Angeles. *(N.d.T.)*

passé qui, dans mes souvenirs, s'étaient arrogé une importance disproportionnée.

Durant ma première année de fac, je connus une série de rencontres fortuites, si tant est qu'on puisse appeler cela ainsi, dans divers lieux, sur le campus et en dehors, avec un autre étudiant qui avait curieusement attiré mon attention. Avec ses cheveux en cascade et ses traits particuliers, il ne passait pas inaperçu, sorte d'Adonis au rabais qui faisait preuve en toute circonstance d'une assurance tranquille d'élève en fin de cursus. Nos chemins ne se croisaient pas vraiment : je dirais plutôt qu'il surgissait, de temps à autre, à une table au fond d'un café, perdu au milieu d'une manifestation contre la première guerre du Golfe, ou encore – hasard absolu – illuminé par les feux de ma voiture alors que je sortais en marche arrière de l'allée de la maison d'un ami, comme ce fut le cas un soir. Chaque apparition de cet homme énigmatique me procurait un frisson, comme s'il était mon ange gardien qui me tenait à l'œil, suivi d'une pointe d'angoisse à l'idée que je ne le reverrais peut-être plus ensuite.

Vers la fin de cette année, j'accompagnai un ami acheter de l'herbe à une de ses connaissances, un complice de fumette qui avait acheté un peu plus que d'habitude pour dépanner ses camarades, et se faire quelques dollars par la même occasion. Nous débarquâmes dans cet immeuble sur Gayley Avenue, un empilement d'appartements hideux. Le sas d'entrée miteux donnait accès à un ascenseur qui puait l'huile hydraulique brûlée. Le palier était morne et anonyme, mais il régnait dans l'appartement une ambiance caverneuse très particulière, avec ses fenêtres tendues de draps et ses murs recouverts de posters du même groupe, un groupe dont je n'avais jamais entendu parler : Marillion.

Nous étions plantés au milieu du salon, mal à l'aise, face à une rangée de colocataires en pleine liquéfaction psychotrope, aux regards plus méfiants qu'amicaux. Assis au bout du canapé, aussi déchiré que les autres, se trouvait cet ange gardien aux cheveux longs. Mon ami acheta son herbe et, sans doute pour que cette visite paraisse un peu moins mercantile, le vendeur nous présenta aux autres. J'appris alors le prénom de l'homme mystère, prénom bien moins énigmatique que lui : Jeff.

Au premier trimestre de la deuxième année, je retrouvai ce Jeff en cours de Cinéma et Mutations sociales. Tous les mardis et jeudis, dans le Melnitz Hall, le mythe qui l'entourait se dissolvait un peu plus, la lente usure de la familiarité le réduisant progressivement à sa condition de simple étudiant qui, tout comme moi, avait choisi ce module en option et ne comprenait rien aux films dont nous discutions. Ce processus de dissolution me frappa par son étrangeté. Au cours des années qui suivirent, j'y repensai chaque fois que j'avais affaire à des individus dont la notoriété me rendait irrationnellement fébrile.

L'agente se pencha derrière son comptoir pour extraire une feuille de l'imprimante. Elle rendit à Jeff sa carte d'embarquement et sa pièce d'identité. Il la remercia et s'éloigna. Lorsqu'il passa à ma hauteur, je prononçai son nom.

Il me regarda d'un air interrogateur.

« Oui ? dit-il.

— Ucla », fis-je.

Ses sourcils se haussèrent au-dessus de sa monture transparente.

« Ça alors, souffla-t-il. Tu n'as pas changé. Hormis les vingt années de plus au compteur, bien sûr. »

Il semblait essayer de se remémorer qui je pouvais bien

être, mais alors que j'allais lui dire mon nom, il me prit de vitesse.

« C'est bien moi, confirmai-je.

— La mémoire des noms et des visages, dit-il en se tapotant la tempe. Un très sérieux atout. »

Quelle horreur, songeai-je. C'est devenu un commercial.

Il tendit la main pour serrer la mienne.

« Ce cours de cinéma, dit-il. Je m'en souviens encore. Le seul que j'ai suivi.

— Pareil.

— J'ai failli me ramasser. Impossible de ne pas m'endormir dans le noir. Ça ressemblait à un rêve tout ça.

— Tu n'as pas raté grand-chose », répondis-je. Je ne le pensais pas, mais c'était pour faire la conversation.

Il sourit et me considéra un bref instant. « Hé, ça te dirait de te joindre à moi dans le lounge première classe ? J'ai un pass invité en plus.

— Et le vol alors ? »

Il pointa du doigt le panneau au-dessus de la porte d'embarquement. Le vol était retardé.

J'avais déjà passé des heures à l'aéroport, mes billets ayant été achetés à la dernière minute et au plus bas prix (vol de nuit en partance de LA, escale à JFK, vol pour Francfort, trajet de quatre heures en train jusqu'à Berlin), et la simple idée d'un lounge première classe était si séduisante que j'en aurais presque serré ce bon vieux Jeff dans mes bras.

Je le suivis à travers le terminal, et considérant sa mallette en cuir souple et sa valise flambant neuve, je regrettai de ne pas avoir choisi un bagage plus adulte que mon sac à dos miteux. Le terminal n'était pas plein à craquer, mais suffisamment bondé pour qu'il soit plus efficace de marcher l'un derrière l'autre. Les cheveux de sa nuque avaient été rasés en une ligne franche juste au-dessus du col. Tout en lui traduisait un goût impeccable. À la fac, je ne l'avais jamais vu bien habillé, rien que des jeans déchirés et des T-shirts élimés, portés à l'envers afin de dissimuler ce qui y était écrit. Effet de mode ou indigence, ce ne fut jamais clair à mes yeux.

Durant tout le trajet jusqu'à l'ascenseur du lounge première classe, alors que je marchais derrière Jeff guidé par le cliquetis des roues de sa valise sur les dalles du terminal, il ne jeta pas un seul regard par-dessus son épaule pour s'assurer que je le suivais toujours. Je me demandai s'il regrettait finalement de m'avoir invité au pays des *happy few*. J'espérais ne pas avoir eu l'air trop désespéré en acceptant aussi promptement sa proposition.

Dans l'ascenseur, il redevint lui-même, ou du moins tel qu'il avait été devant la porte d'embarquement, ravi de ce hasard et pressé de prendre des nouvelles, même si, de mon point de vue, nous n'avions pas grand-chose à nous raconter.

Il devait probablement faire partie de ces personnes qui détestent être seules. Si j'avais été plus attentif, ou si j'avais su ce qui m'attendait, j'aurais sans doute décelé un soupçon de désespoir dans son regard. Qui sait ? Mais c'était sans doute impossible à discerner. Pas encore, du moins.

Nous nous présentâmes au comptoir marbré du lounge, où un jeune homme zélé prit ma carte d'embarquement avant de nous faire signe d'entrer, en nous informant qu'on serait appelés lorsqu'il serait temps de rejoindre la porte d'embarquement. Jeff trouva des places à côté de la baie vitrée, à une table basse, et m'invita d'un geste à m'asseoir, comme si j'étais son invité. Le siège était en vrai cuir et la table en vrai bois. Il se proposa d'aller chercher des bières. Je lui dis que cela faisait huit ans que je n'avais pas bu d'alcool, mais que je serais très heureux de le regarder boire. Il se dirigea vers l'aire de restauration, laissant ses affaires. Même dans le saint de saints de l'aéroport, exclusivement réservé aux plus privilégiés, je ne pouvais regarder ces bagages livrés à eux-mêmes sans m'imaginer qu'ils contenaient potentiellement quelque produit de contrebande, voire une bombe. Mais je rejetai aussitôt cette pensée. Mon mantra pour les voyages aériens a toujours été : cesser de réfléchir. Dès l'instant où l'on pénètre dans un aéroport, on suit une pléthore de procédures et de formalités spécialement conçues pour nous faire passer d'un point A à un point B. Cesser de réfléchir et devenir une simple marchandise à transporter.

Jeff revint d'un pas décontracté, deux bières à la main. Il en posa une devant moi, m'annonçant qu'il en avait trouvé sans alcool et que, bien qu'il ne sût pas vraiment si j'en boirais, il s'était dit qu'il serait plus solennel – ce fut le terme qu'il utilisa – de célébrer nos retrouvailles autour d'une bière, alcoolisée ou pas, en souvenir du bon vieux temps. À ma connaissance, nous n'avions jamais bu le moindre coup ensemble, mais peu importait. Nous fîmes tinter nos bouteilles l'une contre l'autre et commençâmes à boire tout en tournant nos regards vers le trafic aérien à l'extérieur.

« Le miracle du voyage, déclara-t-il. On s'endort quelque part, et on se réveille à l'autre bout d'un océan ou d'un continent.

— Je n'arrive jamais à dormir dans l'avion, dis-je.

— Je connais une femme, dit-il, une amie d'ami en quelque sorte, terrifiée par l'avion, mais qui doit voyager plusieurs fois par an pour des raisons familiales. Elle ne prend que des jets privés, soit dit en passant, c'est une personne très fortunée. Et voici ce qu'elle fait. Un anesthésiste vient chez elle, l'endort dans son propre lit, l'accompagne à l'aéroport, puis jusqu'à sa destination, où que ce soit. Sur place, on l'installe encore inconsciente dans son lit, dans une de ses nombreuses résidences ou à l'hôtel, et l'anesthésiste lui fait reprendre connaissance. De la façon la plus littérale qui soit, elle s'endort quelque part et se réveille ailleurs.

— On devrait instaurer cela en classe économique, dis-je. Il y aurait de quoi caser beaucoup plus de monde sur chaque vol. Comme des sardines en boîte. »

Jeff avala une gorgée de bière.

« Tu vas à Francfort pour affaires ? demanda-t-il, son regard glissant sur mes baskets usées.

— À Berlin, dis-je. Voir mon éditeur. »

Je ne précisai pas que je voyageais sur mes propres deniers, dans l'espoir de profiter de l'appellation d'« auteur culte » dont m'avait gratifié un magazine allemand. Ni que je faisais une pause plus que méritée dans l'observance de mes obligations familiales, en m'offrant une semaine loin des trajets automobiles sans fin et des courses au supermarché pour enfin vivre la vie que les lecteurs imaginent être le quotidien des auteurs.

« Je ne me vois pas du tout écrire un livre, dit-il.

— Moi non plus. »

Ce n'était pas la première fois que je disais cela, et c'était toujours aussi sincère, mais les gens interprétaient toujours cette phrase comme de la fausse modestie.

Jeff eut un petit rire, puis son attitude changea. Je m'attendais à ce qu'il me demande de quel livre il aurait pu entendre parler. Au lieu de ça, il me demanda si j'avais déjà subi une anesthésie générale.

« Je me suis fait retirer les amygdales au lycée.

— Tu n'as pas eu peur de ne jamais te réveiller ? »

Je secouai la tête. « Ça ne m'a pas traversé l'esprit. Mais si ça devait m'arriver aujourd'hui, je prendrais la chose beaucoup moins à la légère.

— Tu as des enfants.

— Deux.

— Ça change tout, n'est-ce pas ? »

Il avait récemment subi une opération chirurgicale, rien de sérieux, ou du moins rien de très grave, mais il avait été terrifié à l'idée de ne jamais se réveiller. Cela arrivait parfois. Et bien que de tels accidents fussent à présent extrêmement rares, il n'avait pu s'empêcher de s'imaginer ne jamais rouvrir les yeux, et ce que cela impliquerait pour ses enfants – lui aussi en avait deux – et pour sa femme. Toute cette épreuve l'avait considérablement perturbé.

« Le sommeil est le cousin de la mort », dis-je.

Dehors, un gros-porteur commençait sa manœuvre d'atterrissage, trop haut, trop vite et trop loin de la piste, en tout cas à mes yeux, et sans doute à ceux de Jeff, qui lui aussi le fixait, mais l'appareil finit par se poser impeccablement, freina un grand coup puis s'engagea vers le parking. Toute l'activité du tarmac – les véhicules à toit bas qui s'affairaient partout, les marshallers qui guidaient les avions avec leurs bâtons orange, les camions élévateurs qui chargeaient leur cargaison alimentaire, les passerelles d'embarquement qui s'allongeaient, les chariots de bagages remorqués d'un bout à l'autre des pistes –, tout cela vibrait sous le ciel gris comme un tableau de Bosch.

Pendant que j'observais ce spectacle, Jeff n'en avait cependant pas fini.

« Après l'opération, dit-il, quand je suis revenu à moi dans la salle de réveil, l'esprit complètement embrumé, je n'ai pas ressenti le soulagement escompté : je ne l'ai éprouvé qu'en revoyant ma famille. J'avais l'impression d'avoir perdu un morceau de temps. Comme avec le sommeil, mais au moins quand on dort, on se réveille toujours là où on s'est assoupi. Je sentais que des choses m'étaient arrivées sans que je le sache, ce qui était évidemment le cas, et je fus saisi par la troublante sensation de ne plus être le même qu'avant mon anesthésie. Un temps s'était écoulé, une partie de mon corps m'avait été extraite, on avait rasé un carré de poils sur ma jambe pour y fixer je ne sais quelle électrode, mais selon toute évidence, je devais encore être moi-même. Sans doute était-ce un effet secondaire des substances qu'on m'avait injectées, mais je ne parvenais pas à me débarrasser de l'impression d'être tout juste venu au monde, comme un remplaçant de mon ancien moi. Cela a fini par se dissiper, mais ce fut loin d'être agréable comme état.

— Comme une expérience de mort imminente ? demandai-je.

— C'est marrant que tu dises ça, remarqua Jeff, comme s'il n'avait pas justement veillé à aiguiller la conversation dans cette direction. J'ai déjà assisté à cela chez quelqu'un d'autre. Peu après la fin de la fac, en fait, un ou deux ans après. Sans calcul ni préméditation, j'ai sauvé la vie d'un homme. »

Je me demandai pourquoi il avait cru bon de préciser « sans calcul ni préméditation », alors que cela semblait évident.

« Que s'est-il passé ? demandai-je.

— Laisse-moi d'abord aller nous chercher d'autres bières.

— Non, non, dis-je. C'est pour moi, cette fois.

— C'est gratuit.

— Dans ce cas, c'est moi qui vais les chercher. »

Il se renfonça dans son siège.

Je me levai et passai devant une grande diversité de voyageurs, de l'homme d'affaires au hipster fils à papa, dont beaucoup parlaient dans une langue étrangère. Ils n'étaient pas si différents de leurs homologues qui attendaient un étage en dessous, à ceci près qu'ils ne donnaient pas l'impression de traverser une épreuve. Je demandai des bières au barman maussade. Il n'était pas encore midi. De retour à notre table, je tendis une bouteille à Jeff, qui la leva pour un nouveau toast.

« Tomber sur toi prouve que le hasard fait bien les choses, dit-il. Tu étais là au début. »

2

« Au début ? demandai-je.

— Ce cours de ciné, répondit-il, avec ce professeur nigérian.

— Éthiopien », rectifiai-je.

Jeff parut dubitatif. « Tu en es sûr ?

— Nous avions regardé un film nigérian, mais je suis certain à cent pour cent que le prof était originaire d'Éthiopie. »

Jeff demeura silencieux un instant.

« Pendant toutes ces années, finit-il par observer, j'étais convaincu qu'il était nigérian.

— Ça doit complètement ficher en l'air ton histoire. »

Il surprit mon sourire.

« Soit, fit-il. Nous suivions donc ce cours de ciné. Toi, moi, ma petite copine Genevieve, qui se faisait appeler G. Tu te souviens de G ? »

Je n'en avais pas le moindre souvenir.

« Elle était tout à fait quelconque », dit-il. Il s'enfonça dans son siège comme quelqu'un qui a l'habitude qu'on l'écoute. « Je l'ignorais à l'époque. Tragiquement conventionnelle. Étudiante en cinéma, la réalisatrice en herbe la plus talentueuse de sa classe, et de loin. Un travail exemplaire, digne d'une professionnelle, en tout cas c'était l'idée que j'en avais alors. Mais je n'étais pas le seul. Ses professeurs n'arrêtaient pas de s'extasier sur ce qu'elle faisait, de lui parler de maîtrise et de doctorat, de lui dire qu'une brillante carrière lui était promise à condition de travailler dur. Et puis en troisième année, la cérémonie de remise de prix arrive, et la plus haute récompense est décernée à quelqu'un d'autre, un mec, ce qui est déjà assez rageant, mais qui plus est un type dont le film ne rimait à rien.

— C'est nul, dis-je.

— Eh oui. Je m'attendais à ce que G conteste cette décision, au moins en privé (elle avait un caractère bien trempé et elle était habitée par son art), mais c'est tout le contraire qui s'est produit : elle m'a dit que les jurés avaient confirmé ce qu'elle savait depuis longtemps, à savoir que, malgré tous ses talents techniques, ses œuvres étaient ternes, sans relief. De mon point de vue, c'était une exagération plus que grossière. Ses œuvres étaient tout sauf ternes : elles avaient ému des spectateurs. Mais elle ne voulait rien entendre. Quand elle avait décidé quelque chose, c'était inscrit dans le marbre. Tu vois le genre de personne.

« Son diplôme en poche, elle est entrée chez un agent d'artistes : elle voulait connaître le milieu de l'intérieur. C'était un boulot de cinglé avec des horaires de cinglé, mais elle adorait ça. De mon côté, j'ai trouvé du travail dans une start-up, pour un guide urbain sur Internet, comme les pages jaunes mais avec des commentaires : c'était l'époque où les moteurs de recherche dépendaient de rédacteurs humains pour indexer et catégoriser toutes sortes de trucs. Résultat, mes journées étaient déstructurées, avec une grande place laissée au papillonnage, tandis qu'elle passait les siennes rivée à son bureau et à son téléphone. Ce déséquilibre m'angoissait, même si je ne pense pas que j'aurais pu le verbaliser à l'époque, raison pour laquelle – incroyable, comme ces choses peuvent s'enchaîner –, bourré au champagne aux deuxièmes noces de son père, je l'ai demandée en mariage. Je pense que c'était moins par réel désir de l'épouser que dans l'espoir de me débarrasser de l'anxiété que suscitait en moi le fait que nos chemins s'éloignent chaque jour un peu plus. Je dois au moins lui reconnaître quelque chose : elle n'a pas dit non. Elle a ri et m'a embrassé. Mais quand nous sommes rentrés à Los Angeles, elle avait déjà arrêté sa décision. Elle avait vu son avenir, et cet avenir ne m'incluait pas. De son point de vue, il était inutile de poursuivre. Nous en avons eu le cœur brisé, elle et moi. Je trouvais qu'on pouvait s'épargner toute cette peine en décidant de rester ensemble, mais, comme je l'ai dit, elle avait un sacré caractère.

— Aïe, fis-je.

— Bien évidemment, c'est elle qui avait raison.

— N'empêche, dis-je.

— Je l'aimais, dans le sens où j'aimais l'idée que je me faisais d'elle. Il m'a fallu un certain temps après notre rupture pour que je commence à comprendre que celle qu'elle était en réalité avait été éclipsée par *l'idée que je me faisais d'elle*, tenace dans ma cervelle. »

Il avala une nouvelle gorgée de sa bière.

« Après la rupture, j'étais au bout du rouleau, presque sans un sou, et sans amis proches. J'habitais alors une maison dans les canyons, que je gardais pour un acteur que je connaissais. Enfin, je gardais cette maison pour un acteur chargé de la garder pour un autre acteur. C'était une période bête et creuse de ma vie.

— Je vois très bien, dis-je.

— Ça remonte à sacrément longtemps. »

3

Un matin, poursuivit-il, il fut réveillé par le sifflement nasal de G, avant de découvrir que la source de ce bruit était son propre nez bouché, et qu'il était seul dans son lit.

Depuis leur rupture, Jeff s'était surpris à se remémorer et à chérir des choses dont, du temps où ils étaient ensemble, il n'aurait pu imaginer se soucier un jour. C'était justement le cas de ce sifflement qu'émettait parfois G quand elle dormait très profondément. La part la plus tendre de l'amour qu'il lui portait, comparable à l'amour qu'on peut éprouver pour un petit animal fragile, avait été éveillée par le souvenir de ce sifflement nocturne, discret, régulier et par-dessus tout empreint d'une vulnérabilité qu'elle ne manifestait jamais à l'état de veille, peut-être parce qu'elle était assez menue, un mètre cinquante pour quarante-cinq kilos. Lorsque son souffle passait par ses sinus ou son septum ou tout son nez, il chantait alors une mélodie désarmée et désarmante, d'une douceur qu'elle ne lui dévoilait que rarement. Le nez d'où cette mélodie surgissait, un nez légèrement disproportionné, à l'arête merveilleusement convexe, équilibré de part et d'autre par les taches de rousseur qui parsemaient ses joues (ce ne fut que bien plus tard qu'il prit conscience que beaucoup devaient la prendre pour une enfant), ce nez devint pour lui un trait tout à fait particulier qui, en brisant sa beauté par ailleurs délicate et harmonieuse, ne faisait que la rehausser.

Il envisagea de se rendormir. Dans ce lit, le lit de l'acteur, G et lui avaient parlé des noms de leurs bébés, des noms absurdes, avec un certain orgueil, qu'ils admettaient, et que Jeff percevait comme une protection. Dans ce lit, dans cette maison, ils avaient joué aux adultes, s'imaginant qu'ils avaient meublé les lieux eux-mêmes, acquis les œuvres d'art accrochées aux murs à l'occasion de voyages incroyablement onéreux vers des destinations plus que reculées. Le tableau représentant un canard, acheté sur La Rambla à Barcelone; le kilim, auprès d'un homme aux mains tremblantes, à Istanbul. Jeff faisait semblant d'ignorer d'où provenaient les assiettes, et elle improvisait un conte sur leurs origines. En s'inventant un passé étincelant, ils se projetaient dans un avenir glorieux. Mais à présent, tout vibrait de faux-semblants, la maison résonnait d'associations d'idées, à la fois fictives et bien réelles, et dont les plus légères et espiègles devenaient dorénavant les plus oppressantes.

Il avait grand besoin de prendre l'air. Il s'habilla, monta dans sa vieille Volvo, et roula vers l'ouest, en direction de Santa Monica.

Le soleil ne s'était pas encore levé. Du haut des falaises, la plage ressemblait à une bande gris sombre, bordée d'un océan noir. Dans l'obscurité, il traversa la passerelle qui surplombait la Pacific Coast Highway, passant d'une flaque de lumière à la suivante. Le parking de la plage était désert – personne dans les parages à l'exception d'un cycliste à la poursuite du rayon ambré qui sortait d'une boîte fixée à son guidon. Le ciel était d'un marron profond, avec des nuages bas qui reflétaient l'éclairage de la ville. Au loin, une masse informe sur le sable laissait deviner deux amoureux blottis l'un contre l'autre, ou un sans-abri endormi.

L'immensité de l'océan fit aussitôt effet sur Jeff, diminuant l'ampleur de ses problèmes, le reconnectant aux éléments et à leur forme d'atemporalité.

Il retira chaussures et chaussettes et s'avança pieds nus dans le sable froid, soudain libéré de se sentir si infime, tout en ayant l'impression – parce qu'il était seul, parce qu'il faisait nuit, parce que la ville tout entière était encore endormie, derrière lui – d'être une espèce de dieu local, qui observait son royaume protégé par sa cape d'invisibilité et d'omnipotence. Les deux faces d'une même pièce.

Il s'assit sur le sable sec juste au-dessus de la limite de la marée haute, et le froid s'infiltra à travers les poches arrière de son pantalon. Il distinguait l'horizon qui fendait le panorama, cette ligne qui était l'élément visible le plus éloigné de la surface de la Terre. Il s'imaginait qu'il se matérialisait tout là-bas, à mi-chemin du Japon, et nageait sur place jusqu'à succomber à l'épuisement. Il ignorait alors que de là où il l'observait, cette ligne qui lui semblait infiniment distante se trouvait seulement à moins de deux milles nautiques. Il ne brillait pas plus dans l'estimation des dimensions de sa peine de cœur. Avec G, il avait eu la conviction d'aller quelque part, de bâtir une vie et, à présent, il se sentait de retour à la case départ. Pour absurde que cela lui parût par la suite (il lui deviendrait même impossible de reconstituer son état d'esprit d'alors, de saisir son intensité), l'absence de G dans sa vie semblait implacable et omniprésente – sa première pensée au réveil, la dernière avant de tomber de sommeil.

Une lueur scintilla derrière lui, *fiat lux*, un lent dévoilement qui aguichait mer et ciel pour les extraire du néant. Un nouveau jour émergea. Des pélicans glissaient sur l'eau lisse. Tout près, des mouettes se disputaient un bout de cellophane. Les vagues de la marée gonflaient, mais ne se brisaient qu'au contact de la grève, ondes soulevées dans les flots par quelque tempête qui traversaient tout l'océan, une irrésistible montée des eaux, l'énergie passant d'une molécule à l'autre tel un bâton de relais, propulsée jusqu'ici pour s'éteindre sur le sable dans un murmure.

Une voix résonna alors dans sa tête : « Juste de passage. » La source en était inconnue, sans doute un autocollant lu à l'arrière d'une voiture. Cela lui arrivait parfois : une voix ou une chanson s'imposait à lui très soudainement, en lien direct avec l'instant présent, comme s'il possédait plusieurs esprits distincts à la fois et que sa conscience ressemblait davantage à un chef d'orchestre qu'à un générateur d'idées.

Du coin de l'œil, il surprit tout à coup une forme sombre à la surface des flots. Il était convaincu qu'elle ne s'y trouvait pas l'instant d'avant. Sûrement un agglomérat d'algues ? Non, plutôt un nageur qui se rapprochait de la côte, battant l'eau d'un bras, puis se laissant porter comme s'il observait les fonds marins sans tuba, mais peut-être pas. Le nageur ondulait au gré des renflements des vagues. L'absence de tonus musculaire indiqua à Jeff que quelque chose clochait. Il se leva pour mieux scruter, s'attendant à ce que le bras du nageur se dresse pour frapper à nouveau les flots, ou à ce qu'il tourne la tête pour inspirer, mais il ne se passa rien. Il voulut avertir un sauveteur, mais les volets de leur cabane étaient clos. D'un bout à l'autre de la plage, il n'y avait qu'une femme seule en plein jogging, trop éloignée pour remarquer quoi que ce soit.

Il ne s'était jamais retrouvé jusqu'alors dans pareille situation, avec cette certitude absolue qu'il ne pourrait compter que sur lui-même pour affronter la crise qui se présentait. Il aurait tout donné pour l'intervention de ce dieu auquel il ne croyait pas, ou de toute personne qui aurait su quoi faire, ou même de quelqu'un d'aussi paniqué et désemparé que lui et qui, par sa seule présence, aurait pu partager le fardeau qui lui incombait. C'était là un de ces instants cruciaux dans une vie, impossibles à balayer d'un éclat de rire par la suite, et dont le souvenir provoque toujours un frisson. Car même s'il avait eu le sentiment de ne pas avoir le choix, le sentiment que personne n'aurait pu agir différemment dans cette situation précise, il devait bien reconnaître qu'il avait été mis à l'épreuve, pour la simple raison qu'il aurait tout aussi bien pu s'éloigner, faire comme s'il n'avait pas vu ce qu'il avait vu, se soustraire de l'événement, se convaincre même de son absence en s'imaginant être parti un peu trop tôt ou arrivé un peu trop tard; se dire qu'en vérité cette tragédie n'était pas tombée sur lui, mais qu'elle l'avait simplement frôlé, sans même qu'il la remarque, et qu'elle s'était résolue seule, sans aide extérieure, ainsi que la nature l'entendait.

Je lui fis remarquer que le fait d'intervenir ou non pouvait être lu comme la manifestation du destin, que le fait de laisser la nature suivre son cours n'excluait pas la notion d'intervention humaine, puisque nous, humains, faisions partie intégrante de la nature.

Il réfléchit quelques instants, parut sur le point de répondre, mais préféra finalement reprendre une gorgée de bière.

4

L'eau était si froide, poursuivit-il après avoir vidé sa bouteille pour aller en chercher une autre, qu'il en eut le souffle coupé. C'était comme s'il n'arrivait pas à remplir suffisamment ses poumons. Cela ne l'empêchait cependant pas d'avancer en caleçon et T-shirt vers le corps tant qu'il avait pied, puis de poursuivre à la nage, sans cesser de se dire qu'il était idiot, que l'homme allait finir par relever la tête et mettre un terme à ce qui deviendrait pour toujours une illustration embarrassante de la propension de Jeff à aller trop vite en besogne, à agir avant de réfléchir aux conséquences de ses actes. Mais d'autres pensées l'assaillaient, tout aussi puissantes et nettes, selon lesquelles cet homme était mort, depuis longtemps déjà, et qu'il dérivait simplement vers le rivage. Pourtant n'avait-il pas vu son bras frapper les flots ?

Le froid lui mordait les mains et les pieds, et bien qu'il gardât la tête hors de l'eau, il buvait la tasse à chaque mouvement. Arrivé à hauteur du corps, il hésita à le toucher. Et s'il revenait soudain à lui et, dans un dernier sursaut de ses forces, entraînait Jeff vers le fond, comme cela arrivait dans certains cas de noyade ?

Il saisit une épaule et tenta de retourner l'homme sur le dos, mais n'ayant pas pied, il n'en eut pas la force. Il attrapa alors sa main et remorqua l'homme jusqu'à la rive toute proche, dans des mouvements de brasse maladroits, scrutant la plage à l'affût de toute personne qu'il pourrait appeler à l'aide. Là où les vagues creusaient le sable, il mit la tête sous l'eau et poussa le corps par en dessous, profitant d'un déferlement secondaire pour le propulser sur la grève. Le corps inerte roula pour s'immobiliser sur le dos, les membres pliés malaisément comme s'il avait chuté de très haut.

Jeff, debout, l'examina. C'était un homme d'âge mûr en combinaison de plongée, avec un masque au verre teinté, la peau bleuâtre, les lèvres violettes. Jusque-là, il l'avait considéré à la fois comme un homme et un objet, une personne et un corps, mais à présent que cette entité étendue sur le sable retrouvait toute son humanité, il ne voyait plus qu'un individu. Pas de respiration et Jeff ignorait totalement comment prendre le pouls de quelqu'un. Il n'osa pas retirer le masque, de peur de révéler des yeux grands ouverts sur le néant.

Il le tira un peu plus à l'écart des flots, les vaguelettes effaçant les traces qu'il laissait sur le sable humide. La joggeuse continuait de progresser dans leur direction, mais elle était encore loin. La cabine téléphonique la plus proche se trouvait sur le parking de la plage. S'il s'était plutôt précipité pour appeler les urgences, qui aurait pu l'en blâmer ?

Il avait vu des scènes de réanimation à la télévision, mais ne savait aucunement comment s'y prendre. Il posa les mains sur la poitrine de l'homme, tendit les bras, et se mit à pomper. Le sternum rebondissait comme une plaque à ressorts. De l'eau coulait aux commissures de la bouche flaccide. Il comptait les compressions, bien inutilement puisqu'il ignorait quand s'arrêter. Il connaissait l'étape suivante, et n'hésita pas un instant. Les lèvres étaient froides, la barbe de trois jours drue. Il souffla dans la bouche de l'homme, et de l'eau éclaboussa sa joue. Il n'avait pas pensé à lui pincer le nez.

La poitrine se soulevait et se creusait au gré de son souffle, comme un vulgaire soufflet qui se remplit et se vide. La peau était toujours aussi bleue. Une sensation de dégoût faillit le submerger, éveillée par l'idée qu'il ne parviendrait peut-être pas à sauver cet homme, ce qui signifiait qu'il était en train de faire du bouche-à-bouche non pas à un être humain en détresse, mais à un cadavre.

La joggeuse s'immobilisa à cinq mètres de lui. Il lui cria d'aller chercher de l'aide, et elle se mit à courir en direction de l'autoroute.

Jeff reprit le massage cardiaque. Quelque chose craqua sous la base de sa main, et à chaque compression suivante, il sentait sous sa paume l'os brisé.

Une épaisse mousse d'eau salée coula de la bouche de l'homme. Personne n'en aurait voulu à Jeff s'il avait abandonné. Il essuya l'écume du dos de sa main et reprit le bouche-à-bouche en réprimant ses haut-le-cœur. Puis retour au sternum, aux compressions, en s'efforçant d'ignorer cette sensation d'os se frottant les uns aux autres.

Une mouette se tenait immobile à un mètre cinquante, observant la scène d'un œil noir comme une graine humide.

Jeff s'évertuait à se considérer comme une machine qui assurait les rôles du cœur et des poumons du nageur, en un cycle incessant de respirations et de compressions. La tâche était sans fin. Il se demanda à quel moment il aurait été acceptable d'arrêter.

Cependant arrêter aurait entraîné la mort de cet homme. Jeff en était incapable. Cela ne correspondait pas à la personne qu'il était. Il faudrait que quelqu'un d'autre vienne, quelqu'un qui prendrait le relais, un professionnel peut-être, capable de déterminer d'un regard qu'il était impossible de sauver cet homme, capable d'assumer le fardeau de l'abandon. Quand cette personne finirait-elle par arriver ? Au comble de la fatigue mais sans alternative, Jeff continuait le massage cardiaque et le bouche-à-bouche.

Le corps fut alors pris de convulsions. Le nageur inspira dans un râle et se mit à tousser, comme jamais Jeff n'avait entendu quiconque tousser, une quinte de toux âpre et humide à la fois. L'homme bascula sur le flanc, tournant le dos à Jeff, vomit dans le sable, gémit, arracha son masque et vomit à nouveau.

Jeff resta figé, assis, exténué et frappé de stupeur, ne sachant plus ce qu'il convenait de faire. Il entendait son propre sang battre à ses oreilles. Son estomac se noua. Il se mit à frissonner.

Des spectateurs apparurent alors. Avaient-ils assisté à la scène de loin ? L'un d'eux demanda si le nageur allait bien. Jeff ne répondit pas. Il n'était même pas sûr que cette question lui était adressée.

C'est alors qu'un véhicule de sauveteurs approcha, gyrophares allumés. Un vieux de la vieille en descendit, gilet rouge, short rouge, visage rougeaud, moustache argentée, se mouvant avec l'équanimité d'un lion au milieu du veld. Il s'accroupit auprès du nageur et lui posa des questions : comment s'appelait-il ? Savait-il où il était ? Quel jour de la semaine on était ? Jeff ne comprit pas les réponses marmonnées. Le sauveteur enveloppa le nageur dans une couverture de laine grise. Deux ambulanciers aux lunettes de soleil enveloppantes approchaient d'un pas impérieux, tenant une valise orange, leur véhicule garé sur le parking de la plage, le moteur tournant au point mort. L'aide tant attendue était enfin arrivée. Elle ne cessait d'arriver.

Le nageur essaya de s'asseoir, grognant de douleur, mais les ambulanciers le maintinrent en position couchée, fixant un masque à oxygène sur son visage.

Jeff demanda une couverture, et il fallut un petit moment au sauveteur pour comprendre que le jeune homme aux cheveux longs qui se trouvait là, en boxer et T-shirt, avait été partie prenante, qu'il était trempé et en hypothermie. Il alla chercher une autre couverture dans son pick-up et la lança à Jeff, qui s'emmitoufla dedans. Le sauveteur lui accorda alors toute son attention, et Jeff, figé sur place, répondit à ses questions. Dennis – à en croire son badge, même s'il était impossible de déterminer s'il s'agissait de son prénom ou de son nom de famille – lui demanda de raconter ce qui s'était passé. Jeff remarqua que la moustache de Dennis n'était pas intégralement argentée, mais parsemée de taches jaunes. À mesure qu'il lui livrait son récit des événements, Jeff vit les yeux plissés de Dennis s'écarquiller de plus en plus, ses pattes-d'oie s'étirant pour révéler de petites lignes de peau claire, habituellement protégée du soleil. Dennis déclara que le nageur avait eu beaucoup de chance que Jeff se trouve sur la plage à ce moment précis. Ç'aurait pu finir d'une tout autre façon, dit-il, comme s'il s'inquiétait surtout du tour que sa matinée de travail aurait pu prendre.

Le nageur se saisit la poitrine d'une main et gémit à nouveau. Dennis sortit du pick-up une planche de bois avec des sangles sur laquelle les ambulanciers et lui transférèrent le nageur, et commencèrent à l'attacher.

Le nageur posa soudain les yeux sur Jeff pour la première fois. Avec son masque à oxygène, il ressemblait à une sorte de portrait inversé de l'homme que Jeff avait tiré de l'eau, le nez et la bouche à présent couverts, les yeux visibles, une paupière mi-close, sans qu'on puisse savoir s'il s'agissait d'un défaut congénital ou d'un contrecoup traumatique. Ses yeux étaient clairs, bleus ou verts, et, de concert avec ses sourcils froncés, exprimaient la perplexité. Il leva le bras de quelques centimètres, comme pour pointer Jeff du doigt, ou autre chose, mais l'un des ambulanciers le rabaissa pour le sangler.

Je vous ai sauvé la vie, voulait lui dire Jeff. Mais c'était au nageur de le reconnaître, et non à lui de le revendiquer.

Les curieux affluaient pour voir et, en voulant s'approcher davantage, certains passèrent devant Jeff. Dennis et les ambulanciers chargèrent le nageur à l'arrière du pick-up, et le hayon rabattu, le patient bien entouré, ils démarrèrent en direction du parking de la plage.

Les badauds reprirent le cours normal de leur existence, et Jeff se retrouva seul. Il ramassa son pantalon, ses chaussettes, ses chaussures, cette traînée de peur panique qu'il avait laissée derrière lui en se ruant vers les flots. Il ôta son T-shirt mouillé et, sous la couverture, son caleçon. Puis il enfila son pantalon sec.

L'ambulance quitta le parking, sirène hurlante, et le pick-up du sauveteur fit demi-tour pour s'en éloigner. Jeff resta sur place, s'attendant à ce qu'il vienne le chercher, mais après avoir roulé un moment dans sa direction, le véhicule prit plein sud, en direction de la jetée. Peut-être Dennis ne l'avait-il pas vu, planté au milieu de la plage, à moins qu'il ne fût attendu ailleurs pour une autre urgence.

Jeff foula le sable jusqu'à la rampe en spirale qui menait à la passerelle. Joggeurs et promeneurs s'écartaient ostensiblement de lui. Tous évitaient de croiser son regard. Drapé dans une couverture de laine grossière, pieds nus, ses cheveux longs en bataille, le torse nu, il devait passer à leurs yeux pour le énième cas désespéré déambulant sans but au cœur de ce soi-disant paradis.

5

« Un héros », dis-je.

Il regarda à travers la baie vitrée, puis considéra ses ongles. Un discret « Quand même pas » s'échappa de ses lèvres, et j'eus alors devant moi une tout autre personne que celle qui venait de me faire un récit si détaillé, si énergique et si vivant de ce sauvetage. Je sentis qu'il ne savait plus trop comment poursuivre, et qu'il hésitait même à le faire.

« Tu as dû ressentir une certaine fierté », remarquai-je.

Il but de sa bière. « J'étais épuisé. Je suis rentré et je me suis écroulé sur le lit sans me réveiller avant le milieu de l'après-midi. Ce n'est qu'à ce moment que j'ai pensé à appeler quelqu'un. G fut mon premier réflexe, mais nous nous étions imposé un moratoire sur nos échanges, à la suite d'un appel alcoolisé de trop, au beau milieu de la nuit. Dylan, l'acteur dont j'assurai le rôle de gardien de maison, était en tournage à Vancouver. Mes autres potes de fac, Emilio et Mark – tu te souviens d'eux ? »

Ce n'était pas le cas.

« Ils avaient déménagé dans la South Bay après leur diplôme et j'avais perdu tout contact à cause de G, le cas classique du type qui rencontre une nana et abandonne ses amis. Je savais que j'aurais pu les appeler, et qu'ils m'auraient épaulé sans la moindre hésitation, mais je savais aussi comment ils réagiraient à mon histoire : des félicitations en pagaille et une tournée au bar. Tu vois le genre, ils m'auraient poussé vers une fille au comptoir en lui disant que je venais de sauver la vie d'un homme.

— Et ce n'est pas ce que tu voulais », dis-je.

Jeff finit sa bière et reposa la bouteille un peu trop brusquement.

Il secoua la tête.

« Je ne voulais pas qu'on me porte aux nues, non.

— Tu venais pourtant d'accomplir quelque chose d'exceptionnel.

— C'est comme ça qu'ils auraient pris la chose.

— Et toi ?

— Ça ou avoir un flingue collé sur la tempe, ç'aurait été du pareil au même. J'ai réagi instinctivement, ou tout du moins par peur de ce qui arriverait si je ne bougeais pas. Pour rien au monde je n'aurais voulu me retrouver dans pareille situation. En fait, j'en éprouvais de la rancœur. Je ne voulais pas de ces images dans ma tête, les lèvres violettes, froides, les bouts de côte se frottant, sans parler du fait que j'ignorais si le type s'en était tiré, parce que après tout, une fois l'ambulance partie, il aurait très bien pu succomber à ce qui l'avait amené à dériver en pleine mer, inconscient.

— Pour être honnête, si tu m'avais appelé, moi aussi, j'aurais sans doute voulu te payer un verre.

— Je comprends. Mais ç'aurait été enfermer tout cela sous une chape de plomb.

— Tu étais traumatisé. »

Il porta la main à son menton et baissa les yeux. Il cherchait peut-être ses mots. Au bout d'un moment, il se redressa, les avant-bras collés aux accoudoirs de son fauteuil comme s'il s'apprêtait à être exécuté sur une chaise électrique.

« Quoi qu'il en soit, dit-il, j'ai fini par ne rien raconter à personne.

— Dans un premier temps ?

— Jusqu'à maintenant. »

Je n'étais pas sûr d'avoir bien entendu.

« Je ne suis tout de même pas la première personne à qui tu racontes cette histoire ? »

Il opina de la tête.

« Tu as gardé ça pour toi pendant vingt ans, et tu te décides enfin à te confier aujourd'hui ? À moi ? Allez. Tu me charries. »

Il retira ses lunettes, se massa les yeux, et les renfila.

« Si seulement, répondit-il. Le fait de te voir surgir de nulle part, ça a dû rallumer un vieux circuit électrique là-haut. » Il se tapota la tempe.

« À supposer que tu ne blagues pas...

— Oh, je ne blague pas.

— Pourquoi n'avoir rien dit à personne ? Je n'arrive pas à croire que l'idée d'être traité en héros te répugnait à ce point.

— Ce n'est pas ça. C'est juste que... c'est devenu tout simplement impossible.

— Comment ça ? demandai-je.

— Je ne voudrais pas monopoliser la conversation.

— Mais non.

— Et puis, ajouta-t-il, je ne sais pas si c'est une bonne idée que je poursuive. »

Je m'adossai à mon siège et attendis qu'il se décide.

6

Le lendemain, reprit-il en s'éclaircissant la voix, il se fit porter pâle. Coup de froid, conséquence naturelle de ce qui congestionnait déjà son nez, ou bien simple coïncidence, il fut victime d'un terrible rhume assorti d'une forte fièvre, qui le fit parfois sombrer dans un délire où il revivait en rêve le sauvetage en mer, poursuivi par l'image du masque de plongée qui lui renvoyait son reflet, et les lèvres violettes.

Lorsque rhume et fièvre eurent passé, il retourna sur la plage, dans l'espoir d'atténuer la force des images qui ne cessaient de tourner dans sa tête. Le fait de retrouver les lieux de l'événement sans qu'il s'y passe rien remplacerait peut-être les souvenirs qui y restaient accrochés.

Il s'y rendit très tôt, comme la première fois, et se gara en haut des falaises. Il faisait plus chaud, et un léger vent soufflait du large. Sous les nuages bas, l'océan était un miroir immémorial, l'horizon tranchant comme un rasoir. Les vagues étaient plus grosses, longs murs bleus et doux s'effondrant brutalement sur eux-mêmes, l'air emprisonné explosant en panaches d'écume. Ce n'était pas le même océan. Un bon signe, songea-t-il. L'océan en constant changement ne reproduirait pas la même chose.

À l'instant où il posa le pied sur le sable, il eut le sentiment que son idée s'avérerait futile, voire carrément ridicule, même si personne d'autre n'était là pour le juger. Cela ne l'empêcha pourtant pas d'avancer jusqu'au bord de l'eau, en inhalant à pleins poumons l'air imprégné de l'odeur des algues. La première fois, il avait été guidé jusqu'ici par quelque chose qu'il ne comprenait pas, et il demandait à présent à ce lieu de lui révéler ne serait-ce qu'un soupçon de ce que cela pouvait bien signifier, du pourquoi c'était arrivé, convaincu néanmoins que cette visite ne lui révélerait rien.

Il retrouva l'endroit précis où il avait tiré l'homme des flots, en se repérant par rapport aux éléments du paysage : la jetée, le parking de la plage, la cabane des sauveteurs. Toute trace avait déjà été effacée, même les profonds sillons creusés par le pick-up du sauveteur avaient disparu dans les festons aléatoires du sable. Il regretta de ne pouvoir gommer cet événement de sa mémoire avec la même facilité, tout en se fustigeant de penser une chose pareille. Il avait sauvé la vie d'un homme – avait accompli la plus grande des bonnes actions –, comment pouvait-il souhaiter l'oublier ? Tout résidait en somme dans la distance qui séparait l'action en elle-même de sa définition : il ne parvenait à réduire la première à la seconde.

Les lieux ne révélaient rien. L'événement n'existait plus à présent que dans son esprit, ou dans son esprit et celui du nageur, quelle que soit son identité, et où qu'il se trouve. Jeff longea le rivage, puis traversa la bande sableuse jusqu'au parking, en proie à la frustration et à la confusion.

En traversant la passerelle, il observa les voitures passer

en contrebas. C'était l'heure de pointe. Du haut du pont piétonnier, il considérait les pare-brise, un défilé d'inconnus. Il fut frappé par leur humanité, le caractère unique de leurs existences respectives, empaquetées dans chaque voiture qui filait.

Leurs visages n'exprimaient pourtant rien. Comme s'ils posaient pour une photographie de passeport, ou qu'ils étaient assis devant leur écran d'ordinateur. Il repensa au visage du nageur inconscient, avant d'en chasser l'image. Avait-il déjà quitté l'hôpital ? Ou s'y trouvait-il encore, des antibiotiques en intraveineuse coulant goutte à goutte dans son sang, avec quelque opiacé pour effacer la douleur de ses côtes, brisées par les brusques coups de métacarpe de son sauveur ?

Il devait encore être à l'hôpital, oui, son épouse, un ami, un frère ou une sœur à son chevet, engoncé au fond de son lit, avec le bip incessant du moniteur cardiaque, la peau rougie, les cheveux secs mais en bataille, comme ceux d'un bébé sortant du bain. Mais quel était son état d'esprit ? Était-il en état de choc ? En paix ? Restait-il une trace dans sa mémoire de ce qu'il avait vécu ? Y avait-il un hiatus dans ses souvenirs ? L'océan froid et doux, l'aube grise, les gestes répétés à son rythme, la respiration, les mouvements des bras et des jambes, une phrase qu'il se répétait mentalement pour que tout reste synchrone, comme pour battre la mesure d'une mélodie ; et puis un soudain réveil, comme s'il émergeait d'un profond sommeil, le sable rugueux et l'air vif là où un instant auparavant il n'y avait eu que de l'eau, les muscles sans tonus, le nez et la gorge à vif, les haut-le-cœur et cette douleur atroce à la poitrine. La silhouette rouge d'un sauveteur de plage qui l'interrogeait, *Comment vous appelez-vous ? Quel jour de la semaine sommes-nous ?*

Les soins brusques des ambulanciers, le trajet motorisé d'un bout à l'autre de la plage, un autre trajet jusqu'à l'hôpital... Et ce geste qu'il avait eu, ce bras qu'il avait commencé à lever en dévisageant Jeff ? S'en souvenait-il ? Qu'avait-il voulu faire ? Signaler quelque chose ? Attirer l'attention ? Reconnaître ? Remercier ? Même si tout ce qui s'était passé sur la plage restait confus dans son esprit, Jeff était convaincu que quelque part au fond de cet homme demeurait un vestige de ce geste avorté.

7

La couverture du sauveteur resta dans la salle de bains une semaine de plus, son odeur de laine humide, d'eau de mer et de moisi se répandant dans toute la maison : Jeff s'y accoutuma, car il passait le plus clair de son temps entre ces murs, en proie à un profond cafard qu'il attribuait à la perte de G, aux films dénués de la moindre intrigue ou sous-intrigue romantique qui pouvaient lui tomber sous la main, et aux boîtes de conserve du garde-manger de l'acteur qui lui servaient de repas. Une demi-douzaine de soupes, haricots rouges en sauce, lentilles, pois chiches, tomates concassées...

À la fin de la semaine, il commanda une pizza. Le livreur l'interrogea à propos de l'odeur. Jeff ramassa alors la couverture oubliée dans un coin de la salle de bains et la lava à froid en machine. Il mit le sèche-linge en mode délicat. Lorsqu'elle fut séchée, il la plia délicatement en trois et la glissa dans un sac en papier.

Il gara sa Volvo à hauteur de la jetée et descendit jusqu'au quartier général des sauveteurs, un bâtiment cubique coincé entre la jetée et des installations sportives sur la plage. Derrière l'édifice se trouvait une cour fermée destinée à l'équipement par laquelle il pensa pouvoir entrer, mais l'accès était verrouillé. Il trouva une autre porte sur l'un des côtés du bâtiment, beige, au pourtour recouvert de rouille et de bulles de peinture. Il frappa, mais personne ne répondit. Il fit tourner la poignée de la porte et se retrouva dans un couloir anonyme, des néons fixés au plafond. Des rires provenaient de l'étage supérieur, par une cage d'escalier sur sa droite. Il gravit silencieusement les marches en écoutant les voix des sauveteurs. L'un d'eux en traitait un autre de raciste, l'autre répliqua qu'il était libre de leur donner le surnom qui leur allait le mieux, et il y eut une nouvelle salve de rires, qui s'interrompit brusquement lorsque Jeff atteignit l'étage. Des fenêtres sur toute la longueur du mur opposé et sur une grande partie des côtés offraient une vue imprenable sur la plage, au sud de la jetée. Dennis, le sauveteur, était enfoncé dans un fauteuil à roulettes. Deux autres hommes occupaient des sièges similaires, un jeune type bronzé et nerveux à la bouche petite et dédaigneuse – le stéréotype même du sale con dans les films des années 1980 – et un sauveteur un peu moins âgé que Dennis, à la calvitie plus que naissante, et au sourire puant de suffisance. Tous trois portaient des gilets et des shorts rouges.

Jeff s'excusa du dérangement, brandit le sac en papier, expliqua qu'il souhaitait simplement leur rendre la couverture qu'il leur avait empruntée.

Il n'avait rien préparé, mais il avait espéré pouvoir au moins poser une ou deux questions à un réceptionniste, peut-être même obtenir le nom de l'homme qu'il avait sauvé. Confronté à ces trois sauveteurs et à leurs fanfaronnades amicales, il perdit ses moyens. D'un mouvement de tête en direction d'un plan de travail, le plus jeune lui signifia d'y déposer la couverture et de les laisser seuls, afin qu'ils puissent reprendre tranquillement le cours de leur conversation.

Dennis lui demanda si c'était lui, le gamin qui avait aidé à tirer un nageur de la mer, très récemment. Jeff répondit que c'était bien lui, et qu'il n'était plus un gamin. Dennis raconta l'histoire à ses collègues, et toute trace de mépris quitta leurs visages. Dennis demanda à Jeff s'il avait conscience de ce qu'il avait accompli, de l'extrême rareté de ce genre d'événements, du degré de cran et de détermination dont il avait fait preuve. Les autres sauveteurs acquiesçaient avec de gros hochements de tête. Sans lui, déclara Dennis tout comme il l'avait déjà fait sur la plage, mais cette fois avec plus de chaleur, ce type ne s'en serait jamais sorti.

« Il va bien ? demanda Jeff.

— Aux dernières nouvelles, ouais, répondit Dennis, même s'il doit avoir encore un peu mal aux côtes.

— Si les côtes craquent pas, cardiogramme plat, fit le sauveteur à moitié chauve.

— C'est un vrai dicton ? demanda son cadet.

— Ça mériterait de l'être. »

Dennis le raccompagna. En descendant l'escalier, Jeff lui demanda comment il pouvait être convaincu que le nageur était tiré d'affaire.

« Sa femme nous a envoyé une corbeille de fruits, répondit Dennis.

— Il est marié, donc, dit Jeff.

— Je peux lui transmettre ton nom et ton numéro, si tu veux. »

Jeff n'avait pas envisagé cette possibilité. Il s'imagina Dennis appeler le nageur pour lui dire que quelqu'un d'autre avait pris part à son sauvetage. Et si l'homme ne se souvenait pas de lui ? Il se vit alors lui-même en train d'attendre le coup de téléphone de celui qu'il avait sauvé, sans savoir s'il appellerait un jour.

« Je sais pas trop, dit Jeff.

— Elle était superbe, cette corbeille de fruits.

— J'hésite quand même », fit Jeff.

Dennis le regarda d'un air inquisiteur et lui demanda de le suivre. Ils parcoururent un couloir qui débutait à côté de la porte par laquelle il était entré et débouchait sur un petit entrepôt sans fenêtres. Dennis ouvrit un des tiroirs d'une armoire à dossiers, parcourut quelques documents et en tira un rapport. Il le tendit à Jeff.

« Tu as toutes les infos sur le type. Je te laisse faire ton choix. »

Francis Arsenault, avec une adresse sur Mandeville Canyon Road. Jeff la grava dans sa mémoire et rendit le rapport.

Dennis le rangea dans le tiroir, referma celui-ci, et considéra Jeff d'un air grave.

« Je ne t'ai jamais montré ce document », dit-il.

Il raccompagna Jeff jusqu'à la sortie, lui faisant traverser un garage et la cour fermée, pleine de pick-up, de planches de surf, de pagaies, de jet-skis et d'autres équipements encore. Ils se retrouvèrent face à une porte à taille humaine découpée dans un immense portail, et Dennis le remercia d'avoir rapporté la couverture.

« Personne ne rapporte jamais les couvertures », commenta Dennis.

8

« Moi, je l'aurais gardée, la couverture », fis-je.

Jeff sourit. « C'était un prétexte. Néanmoins, les paroles de Dennis me firent énormément plaisir. Cela renforçait l'image que je me faisais de moi, celle de quelqu'un de bien, quelqu'un de consciencieux, qui rendait ce qu'on lui prêtait. Je ne pense pas qu'à l'époque j'aurais été en mesure de le verbaliser ainsi, mais je me considérais comme quelqu'un qui ne faisait rien de mal. Je suppose que le sauvetage aurait pu correspondre à cette définition, pourtant cela me semblait relever d'une tout autre catégorie, ça n'avait rien d'un moment glorieux. Plutôt d'un moment "je n'ai pas le choix", comme je l'ai dit tout à l'heure. Un flingue collé sur la tempe. J'imagine que si je m'étais perçu à l'époque comme quelqu'un de mauvais, comme une personne vraiment malfaisante, j'aurais pu simplement passer mon chemin ou du moins me précipiter vers la cabine téléphonique du parking en sachant que les secours arriveraient trop tard, que j'avais scellé le destin d'un inconnu. Mais ce n'était pas la personne que j'étais. J'étais quelqu'un qui rapportait les couvertures. J'étais ce mec bien que je pensais être. N'oublie pas cela. »

Pourquoi l'aurais-je oublié ?

Un serveur nous débarrassa de nos bouteilles vides et nous fit savoir que le buffet du déjeuner ouvrirait bientôt.

Jeff le remercia, mais cette interruption lui fit involontairement froncer les sourcils.

« J'ai roulé aussitôt jusqu'à Mandeville Canyon, reprit-il. J'avais le sentiment qu'en m'y rendant directement je m'engageais pleinement dans une démarche de résolution de cette affaire. Je me disais que je donnerais ainsi l'occasion à Francis Arsenault, qui que ce fût, d'aller au bout de son geste avorté, de cracher le morceau, de me transmettre ce qu'il avait voulu me communiquer juste avant que les ambulanciers l'immobilisent totalement et le prennent en charge. Et bien évidemment, de me confirmer qu'il s'était tout à fait remis. »

Jeff leva un index, pour s'assurer que je le regardais.

« Je souligne ici le "je me disais" de ma phrase précédente, parce que (cela, je n'en ai pris conscience que plus tard : je l'ignorais alors, j'étais encore dans l'illusion), pour le dire carrément, nous ne savons jamais vraiment pourquoi nous agissons comme nous agissons. La partie de notre cerveau dont la tâche consiste à générer des raisons se moque éperdument de la vérité... pour elle, seule compte la vraisemblance. »

Il mettait un point d'honneur à m'exposer cette réflexion, à ce que j'en prenne moi-même bien conscience, et ne reprit que lorsque je le lui confirmai d'un geste.

« Mandeville Canyon, dit-il. C'était un chantier de construction.

— Une fausse adresse ? »

Il secoua la tête. « J'ai parlé avec l'un des types qui travaillaient sur le site. Il m'a dit que la famille qui habitait ici avait pris une location le temps des travaux de rénovation. “Rénovation”, en l’occurrence, c’était assez euphémique. En réalité, c’était une de ces reconstructions où on ne garde qu’une cheminée et un mur afin de pouvoir dire à la municipalité qu’on ne refait pas tout. D’une maison dans le style ranch, ils allaient passer à une folie contemporaine toute de verre et d’angles.

— Ce type savait où se trouvait Francis ? demandai-je.

— C’était un simple ouvrier. Il ne connaissait même pas le nom de famille de Francis.

— Cette maison aurait pu appartenir à n’importe qui.

— Exact. J’ai cherché un panneau d’autorisation d’urbanisme, mais celui que j’ai trouvé ne mentionnait que le nom du constructeur. Et c’est là que j’ai entendu quelqu’un klaxonner.

— C’était lui ? »

Jeff secoua à nouveau la tête. « La voisine. Qui sortait de chez elle. Elle était agacée que, dans ma précipitation, j’aie bloqué l’équivalent de deux pour cent de son allée. Je lui ai présenté mes excuses et lui ai demandé si c’était bien la maison de Francis Arsenault. Elle m’a regardé comme si j’étais un abruti fini et a répondu “Non, c’est celle du pape”. Il m’a fallu une seconde pour saisir le sarcasme, et elle a très ostensiblement contourné ma voiture, ce qu’elle aurait pu faire dès le début, du reste, et même sans exagérer sa manœuvre, mais apparemment, c’était une question de principe.

— Les joies du voisinage, dis-je.

— Exactement », rétorqua Jeff. Par-dessus son épaule, il jeta un coup d’œil au buffet protégé par des vitres. « Allons nous chercher à manger avant que ce soit la ruée. »

Je ne voulais pas interrompre son histoire, mais comme

il venait de le faire lui-même, je me proposai de m'acquitter de ce qu'une voix dans ma tête m'enjoignait de faire depuis un moment déjà, à savoir me renseigner sur notre vol. Jeff me dit qu'il se ferait un plaisir de s'occuper de mon assiette.

Au comptoir, j'attendis derrière un homme brun qui insistait sur le fait qu'on lui avait promis l'accès au lounge première classe. Une femme blonde au visage brillant s'ingéniait très professionnellement à le tirer de son erreur. Mince et vaguement scandinave, elle correspondait parfaitement à l'ambiance internationale du salon, comme si elle résidait à temps plein dans les airs, au-dessus de l'Atlantique nord. On aurait eu du mal à l'imaginer rentrer chez elle, dans un appartement du Queens, ni où que ce soit, d'ailleurs. L'homme qui s'adressait à elle, un pauvre tas au costume froissé et à l'accent aussi indéterminable que ses origines, demanda à parler à son supérieur. Elle passa derrière une cloison et revint un instant plus tard avec un homme de grande taille à l'air distingué dont l'uniforme indiquait potentiellement qu'il s'apprêtait à jouer le rôle de pilote. Celui-ci invita l'homme à le suivre à l'autre bout du comptoir afin que sa collègue puisse s'occuper de moi. En lisant le badge de celle-ci, je constatai qu'elle était la responsable : celui de son collègue ne précisait pas sa fonction. C'était elle la supérieure, mais plutôt que de jouer de son autorité, en une sorte de jiu-jitsu professionnel, elle avait décidé d'affecter un homme à cette tâche. Et effectivement, alors que je me renseignais auprès d'elle au sujet de mon vol, l'employé était en train de répéter en substance ce que sa supérieure avait déjà dit au client, qui écoutait ces mêmes arguments comme pour la première fois.

Témoin de la scène, j'eus envie de signaler à Saskia, c'était le prénom qui figurait sur le badge, que je trouvais fort regrettable le tour qu'avait pris cet échange, et que même si j'admirais la diplomatie dont elle avait fait preuve, quelque chose en moi me poussait à vouloir m'en prendre directement au client précédent, à lui faire comprendre que c'était elle qui avait l'ascendant dans le rapport de forces, qu'elle avait tout bonnement son destin à lui entre ses mains à elle, mais le sourire qu'elle m'adressa alors n'exprima ni frustration ni sentiment de défaite, aucune trace du drame minuscule qui venait de se jouer sous mes yeux et, plus important encore, aucune invitation à lui exprimer ma solidarité. Je sortis ma carte d'embarquement de ma poche et l'interrogeai sur le vol. Elle jeta un coup d'œil à la carte, consulta son terminal dans un cliquetis de touches, et, en lisant son écran, pinça les lèvres devant ce qui ne pouvait être une bonne nouvelle.

« Le vol est toujours retardé, dit-elle, mais cela pourrait se débloquer d'un instant à l'autre. »

Je lui demandai si elle en connaissait la cause.

« Eyjafjallajökull, répondit-elle avec une incroyable facilité. Il fait encore des siennes. Apparemment, ce ne sera pas aussi grave qu'en avril, mais on ne peut être sûr de rien. »

J'en étais encore à essayer de décrypter son tout premier mot.

« Le volcan », précisa-t-elle.

Son regard trahit une lueur d'amusement, un plaisir pervers aux vicissitudes du voyage et des destins assignés à nos existences par ces mêmes dieux qui depuis si longtemps nous ont abandonnés. Le même éclat qu'on peut voir dans les yeux d'un représentant de l'autorité fermant un col enneigé, d'un autochtone vous informant qu'il est impossible de relier un point A à un point B, du mécanicien qui vous annonce que vous n'irez nulle part aujourd'hui.

Elle me dit qu'elle ne manquerait pas de faire une annonce dès que la situation changerait.

Sur ce, elle mit un terme à notre interaction. Elle se concentra pour accueillir la personne suivante.

Je retournai à ma place, où je trouvai un festin réparti dans plusieurs petites assiettes sur la table basse, une bière sans alcool posée de mon côté. Jeff, cocktail encore plein à la main, me fit signe de m'asseoir. Comme précédemment, j'eus l'impression d'être un invité chaleureusement accueilli par un hôte généreux. Je me demandai si c'était par pure gentillesse de sa part, ou l'une de ses habitudes, ou bien si c'était tout à fait délibéré. Il m'expliqua qu'il avait bien fait de ne pas attendre : les meilleurs plats étaient déjà en train de disparaître. Il avait choisi un assortiment de fromages, des crackers, des olives, un ramequin de caviar ou d'œufs de lump, un plus petit ramequin d'une crème indéterminée, quelques amuse-bouches et un grand bol de salade de fruits.

« Je suis incapable de me maîtriser face à un buffet, dit-il. Devoir en prendre pour deux n'a fait qu'empirer les choses. »

Je lui parlai du volcan.

« On pourrait croire qu'il suffirait de survoler les panaches, observa-t-il. Enfin bref. Où en étais-je ? Ah oui, je quittais Mandeville Canyon. »

Je pris un sandwich miniature au concombre et au fromage frais. Je n'avais pas éprouvé jusque-là la moindre fringale, mais dès la première bouchée, je me rendis compte que j'étais affamé.

9

Jeff étala de la crème sur un cracker, avant d'y déposer une cuillerée d'œufs de lump. Il était totalement absorbé par sa tâche, comme s'il s'apprêtait à présenter sa composition à un jury de concours culinaire télévisé. Lorsqu'il fut satisfait, il n'en fit qu'une bouchée qu'il se mit à mâcher, sourcils relevés, en me regardant dans les yeux.

« Je suis retourné chez l'acteur, dit-il après avoir fait passer le tout d'une rasade de son cocktail, et j'ai parcouru les pages blanches, tu te souviens de ça, les pages blanches ? Pas un seul Francis Arsenault. Soit il était sur liste rouge – comme l'aurait été n'importe qui d'assez riche pour se faire bâtir une immense maison à Mandeville –, soit mon bottin ne couvrait pas ce coin de la ville.

— S'ils avaient voulu couvrir la totalité de la ville en un seul volume, le bottin aurait été aussi gros qu'un réfrigérateur.

— Ça c'est sûr. Mais j'avais un autre atout dans ma manche. Tu te rappelles mon boulot de l'époque, ce guide urbain en ligne ? Nous étions à l'aube de l'Internet grand public, et mon patron m'avait passé un modem pour pouvoir travailler, ce qui voulait dire que j'avais accès au tout jeune World Wide Web, comme on l'appelait alors. Je fis donc ce que n'importe qui ferait de nos jours en tout premier lieu...

— Une recherche Internet.

— Exactement. Je tentai ma chance sur Yahoo, à cause des rumeurs selon lesquelles ils s'intéressaient de plus en plus à un rachat de notre start-up, ce qui suscitait en moi un singulier sentiment d'allégeance envers cette entreprise. Cela se révéla faux, soit dit en passant, pas la moindre idée de ce qu'il est advenu de ce site. Quoi qu'il en soit, Yahoo me donna les réponses que je cherchais. Sans trop de problème, je trouvai une société du nom de Francis Arsenault Fine Art, FAFA, sise Camden Way, à Beverly Hills.

— Une galerie d'art ? »

Jeff éclata de rire. « Tu n'as sûrement jamais entendu parler de lui, et ça ne me gêne absolument pas, mais laisse-moi te dire qu'à l'époque il était aussi renommé qu'Arne Glimcher ou Larry Gagosian.

— Ces deux noms en revanche, je les ai déjà entendus, dis-je.

— Des noms familiers... dans les bonnes familles. Bien sûr, rétrospectivement, je trouve amusant le fait qu'à l'époque je n'avais jamais entendu parler de lui, que je n'avais pas même reconnu son nom en le lisant dans le rapport de sauvetage. Mais les choses sont ainsi faites, n'est-ce pas ? Nous apprenons quelque chose de nouveau, et c'est alors comme si nous l'avions toujours su. Nous franchissons le Rubicon chaque jour, à chaque instant. Sans retour possible en arrière. Je suis incapable de revenir à cette époque où ce nom ne signifiait rien à mes yeux. Pas même en imagination. Toute bulle finit toujours par éclater piquée par l'épingle de la réalité. »

Avec la petite cuiller à œufs de lump, il fit semblant de crever un ballon.

« Je me suis rendu sur place dès l'après-midi suivant, reprit-il. Au début, j'ai eu le plus grand mal à trouver la galerie. Je ne savais pas vraiment à quoi m'attendre. Je m'étais figuré un lieu intime, avec des lambris sombres, de vieilles peintures en vitrine, alors qu'il s'agissait en vérité d'un gros cube blanc coincé entre deux immeubles de bureaux, sans rien d'autre inscrit dessus que l'adresse postale. Ce n'est qu'après avoir garé ma vieille Volvo sur le parking d'en face que je me suis approché de l'imposante façade de verre dépoli et que j'ai aperçu la pancarte. *Espace d'exposition FAFA*. Elle était visible à travers une zone non dépolie du verre, une bande de transparence dans un champ de translucidité. Je me rappelle m'être dit que c'était assez idiot, professionnellement parlant : comment de potentiels clients auraient-ils pu savoir ce que renfermait ce lieu ?

« La porte, transparente et de taille standard, était très légèrement entrebâillée, juste assez pour que j'en déduise que la galerie était ouverte. Je restai planté sur le trottoir, à m'imaginer passer ce seuil. Qui y aurais-je alors trouvé ? Francis ? Non, pas si facilement. Une personne à la réception, à qui j'aurais pu demander à voir Francis ? Il serait alors sorti d'on ne sait où, se serait tenu face à moi, et... et puis quoi ? Qu'aurais-je pu lui dire alors ?

— Je vous ai sauvé la vie ? »

Jeff hocha la tête. « Tu vois, c'est là qu'est le problème. Je ne voulais pas donner l'impression d'être venu chercher un quelconque dû. Même si Francis m'avait alors exprimé sa gratitude, cela n'aurait pas eu plus de valeur que lorsqu'on rappelle à un enfant de dire merci.

— Qu'y a-t-il de mal à réclamer son dû ? demandai-je.

— Cela ne me semblait pas convenable. Pour dire les choses maladroitement, ce n'était pas ainsi qu'agissait quelqu'un de bien, à mes yeux. On ne sauve pas quelqu'un en vue d'une récompense. Dans mon cas, ce n'était pas du tout ça. Je n'avais même pas l'impression d'avoir eu le choix. Je ne voulais donc pas qu'on croie que c'était pour cela que j'avais fait cette démarche.

— Dans ce cas, pourquoi l'avoir traqué de la sorte ?

— Crois-moi, je me posais exactement la même question. Et je cherche encore la réponse.

— Pour tourner la page ?

— Tu veux parler de maintenant ?

— Non, je te suggérais juste une raison possible qui avait pu te pousser à le rechercher comme ça à l'époque. C'était peut-être pour mettre un point final à ton expérience traumatique sur la plage. »

Il réfléchit à cette idée. « Oui, ç'aurait sans doute fait sens pour la personne que j'étais alors.

— Et maintenant ? »

Il leva une main. « Laisse-moi y venir.

— Au temps pour moi. Tu es entré, alors ?

— J'ai traversé la rue. Il y avait un café à côté du parking, un joli petit lieu avec un patio. J'y suis entré, j'ai demandé à la femme qui se tenait derrière le comptoir si des gens de la galerie venaient parfois ici. Elle m'a répondu qu'ils n'arrêtaient pas leur va-et-vient. Le besoin de se changer les idées quand on passe ses journées entouré d'œuvres d'art ennuyeuses comme la pluie, a-t-elle dit.

« J'ai pris un café allongé et je suis allé attendre à une table pour deux, en terrasse. Peut-être sortirait-il de là pour traverser, songeai-je. J'ignorais la façon dont j'aurais réagi, mais cela me semblait mieux que d'entrer et de demander à le voir. S'il s'approchait de moi, même par hasard, ç'aurait été tout à fait différent. Je me souviens d'être resté assis là, à patienter, en regardant les ombres de l'après-midi progresser dans la rue. Elles finirent par atteindre le trottoir d'en face, mais la galerie étincelait toujours d'une blancheur aveuglante sous les rayons du soleil. Comment faisaient-ils pour que cet édifice reste aussi propre ? Je prenais quasiment racine, sans voir personne franchir le seuil de cette porte. À nouveau, je me demandais comment cette entreprise parvenait à survivre, sans le moindre visiteur.

« De temps à autre, je distinguais de vagues mouvements. À travers l'embrasure de la porte, on devinait ce qui devait être un bureau. La personne qui y était assise pouvait à la fois veiller sur la galerie et interagir avec les gens qui entraient. Je devinais parfois cette personne, sans voir le moindre signe de Francis. Les rayons du soleil devinrent jaunâtres, et les ombres gagnèrent la façade. Je bus un autre café. Mes pensées tournaient en rond. Je me fis même la réflexion que si j'étais venu en vue d'une récompense, j'aurais pu m'en sortir à très bon compte. Entre la maison de Mandeville et cette galerie, Francis Arsenault était de toute évidence quelqu'un de très riche. Et s'il se proposait de rembourser mes dettes ? Je chassai aussitôt cette idée de ma tête. Ce n'était pas ce qui m'avait amené ici. Et si cela devait arriver, ce n'était pas à moi d'en décider. Je ne pouvais que me mettre sur la route de Francis et voir ce qui en découlerait.

— Tu pensais qu'il te reconnaîtrait.

— Pourquoi pas ? Je n'avais aucune raison de lui rappeler ce qui était arrivé, encore moins d'en appeler à sa gratitude, directement ou pas. Mais la moindre des choses, c'était de lui donner l'occasion de me revoir.

« Les ombres avaient entièrement englouti le bâtiment lorsque je remarquai derrière le verre dépoli une silhouette qui parcourait la galerie sur toute sa longueur. Je voyais clairement qu'il s'agissait d'un homme, mais je ne distinguais pas son visage, bien évidemment, rien que les contours de sa physionomie. Il marchait d'un pas délibérément lent, comme s'il avait une pile de livres en équilibre sur la tête. Lorsqu'il apparut devant la porte de verre transparent, cette silhouette se changea soudain en individu. »

10

Francis Arsenault avait une tout autre allure que sur la plage, avec ses cheveux impeccablement peignés et ses petites lunettes à la fine monture métallique qui reposaient quasiment au bout de son nez. Pourtant, il avait le même œil à moitié fermé, le même physique dense et nerveux, la même barbe de trois jours, la même bouche par laquelle Jeff lui avait insufflé une nouvelle vie.

Francis ne poussa pas la porte. Au lieu de ça, il se tourna et s'adressa à quelqu'un à travers l'interstice qui séparait les deux parties de la cloison. Il regarda à l'autre bout de la galerie, et une grande jeune femme perchée sur des talons s'approcha d'une démarche un peu vive, lui passa devant et lui ouvrit la porte, avant de lui remettre un petit portfolio à fermeture éclair. L'avait-il appelée pour obtenir le portfolio, pour qu'elle lui ouvre la porte, ou les deux ?

Francis s'avança lentement sur le trottoir, du même pas égal et mesuré qu'avait remarqué Jeff en observant sa silhouette. Jeff scrutait son visage, à l'affût de la moindre expression de douleur, mais, du trottoir opposé, c'était difficile à déceler. Ses côtes étaient-elles encore douloureuses ? Sans doute, oui. Pourtant il avait repris le travail.

Jeff accéléra en direction de Brighton Way, tout en gardant un œil sur Francis. Il n'eut aucun mal à le devancer. Il songea à traverser au bout du pâté de maisons, afin de pouvoir se placer en face de Francis, de marcher dans sa direction sur le même trottoir et de provoquer ainsi une rencontre fortuite. Mais les feux de signalisation ne lui furent pas favorables, et la circulation était juste assez dense pour que toute traversée en dehors des passages cloutés soit dangereuse. Lorsque le signal des piétons s'alluma, Jeff traversa l'intersection en diagonale, aussi rapidement qu'il le put sans courir. Francis l'avait dépassé, poursuivant droit devant lui. Jeff le suivit en prenant bien soin de ne pas le doubler. Francis allait peut-être retrouver quelqu'un pour un apéritif un peu avant l'heure. Un bar serait un excellent lieu pour une rencontre fortuite. Cela valait bien mieux que de se croiser dans la rue. Seulement Francis entra dans une boutique, pas dans un bar. Ce ne fut qu'en passant devant que Jeff s'aperçut de quel genre de commerce il s'agissait : c'était une minuscule boutique de lingerie au nom français. Il ne suivit pas Francis à l'intérieur, mais s'engouffra dans la suivante, une boutique de cadeaux pleine de babioles à la mode aux prix indécents.

La commerçante, une femme robuste aux lèvres bordeaux et à la coupe courte blond platine, lui demanda si elle pouvait l'aider, et lorsqu'il lui répondit qu'il ne faisait que jeter un œil, elle eut l'air de hausser un sourcil. Il fit semblant de s'intéresser aux vases chinois et aux presse-papiers en cristal, mais son attention était rivée sur l'extérieur.

Il s'était positionné à l'endroit précis d'où il pourrait voir Francis ressortir, et il s'attendait à ce que celui-ci retourne à la galerie après avoir fait ses emplettes. Ce n'était pas encore l'heure de fermeture de la plupart des magasins et des entreprises, cela aurait été logique. La vendeuse conservait une distance respectueuse. Jeff consulta l'étiquette d'un éléphant en céramique. Huit mille dollars. Jamais de toute sa vie il n'avait possédé une telle somme.

La femme s'approcha, se décidant à laisser à Jeff le bénéfice du doute, ou souhaitant le surveiller de plus près à présent qu'il manipulait les étiquettes des prix. Elle était vêtue de ce qui semblait être un pyjama de soie noire. Elle lui parla de la provenance de l'éléphant, lui expliqua que l'atelier où il était produit ne mettait sur le marché qu'un nombre limité d'exemplaires par année, que Nancy Reagan et Michael Jackson en avaient acquis récemment, même si elle n'aurait su dire avec certitude si c'était pour eux-mêmes ou pour les offrir.

Jeff vit alors Francis ressortir, un petit sac en papier à la main. Il ne voulait pas interrompre la commerçante, mais il était temps pour lui de reprendre sa filature. Il inventa une excuse, lui disant que sa mère cherchait un éléphant et qu'il ne manquerait pas de l'envoyer ici. Lorsqu'il sortit enfin, Francis était déjà à une trentaine de mètres, se dirigeant d'un pas contrôlé et décidé dans la même direction qu'auparavant, à l'opposé de la galerie.

Où pouvait-il aller ? Peut-être avait-il une place de parking dans l'un des bâtiments qui se trouvaient un peu plus loin. Jeff trouvait peu plausible qu'il se rende dans un bar avec des articles de lingerie.

Francis s'arrêta au feu du croisement de Wilshire Boulevard et attendit le signal piéton. Était-il possible qu'il vive ici, dans la zone résidentielle au-delà de Wilshire ? Il aurait été logique de louer un appartement près de la galerie en attendant que sa maison soit finie. Il aurait rapporté un petit cadeau à son épouse, chez eux.

Jeff le rattrapa. Il s'immobilisa un peu en retrait de Francis. Il n'aurait eu aucun mal à lui tapoter l'épaule. À l'exception d'une femme à moins de deux mètres d'eux, ils étaient les seuls piétons à attendre que le feu passe au rouge. Jusqu'ici, il n'avait pas remarqué à quel point Francis était petit, quasiment une tête de moins que lui. Il se tenait à la limite du champ visuel de Francis, il le savait, car celui-ci jeta un rapide coup d'œil sur sa gauche, afin de déterminer si Jeff présentait une menace. Ce regard fugace n'aurait pas suffi à une véritable identification, tout juste à une évaluation sommaire. Dans le monde de Francis, quelqu'un qui ressemblait à Jeff (cheveux longs, jean, T-shirt) n'était qu'un simple figurant parmi tant d'autres.

Il y avait une boîte dans le sac, élégamment emballée dans du papier cadeau.

Ils traversèrent Wilshire Boulevard dans le concert de klaxons et de moteurs de la circulation qui commençait à se coaguler. Hors du cocon du quartier marchand qu'ils venaient de quitter, le vent soufflait davantage et l'ambiance était plus froide. Jeff marchait lentement, mais il dut s'arrêter et faire semblant de regarder les vitrines afin de ne pas dépasser Francis. De temps à autre, il entendait un sifflement émaner de sa bouche, accompagné d'un à-coup dans sa démarche. Les côtes, pensa Jeff. Il eut soudain envie de lui demander pardon pour ce qu'il lui avait fait, et pour les contraintes que son intervention imposait à présent à ses facultés locomotrices. Lui demander pardon ? Il se ressaisit aussitôt. Cet homme n'aurait plus été en mesure de bouger du tout, sans lui... à cette heure, il se serait trouvé six pieds sous terre.

Ils arrivèrent à hauteur d'un vaste bâtiment dont les

grandes baies vitrées en façade étaient coiffées d'auvents à rayures. Des haies miniatures méticuleusement taillées se dressaient entre des colonnes de pierre, avec des bas-reliefs jusqu'au fronton. Un drapeau américain géant flottait au bout d'un mât en diagonale, flanqué de drapeaux d'autres nations. Une imposante Mercedes noire stationnait le long du trottoir. L'hôtel était bien plus beau que tous ceux dans lesquels Jeff s'était rendu, et pourtant il avait l'impression de l'avoir déjà vu. Sans doute dans un film, mais il ne se rappelait plus lequel.

Le portier ouvrit à Francis et l'invita à entrer. Jeff ne voyait d'autre moyen de le suivre que de se faufiler à sa suite, et, à sa grande surprise, le portier lui réserva un accueil tout aussi avenant.

La moitié du lobby était occupée par un restaurant, et parce qu'il s'était déjà imaginé Francis entrant dans un bar, Jeff s'attendit à le voir s'adresser à l'hôtesse. Mais Francis faisait la queue à la réception de l'hôtel.

Jeff fit le tour du lobby, consultant régulièrement sa montre comme s'il attendait quelqu'un avec qui il aurait rendez-vous. Il s'efforçait de paraître le plus naturel possible, mais il ne se sentait absolument pas à sa place dans ce lieu qui à ses yeux représentait le summum du luxe et de l'opulence. (Rétrospectivement, il trouvait cela fort amusant. Il ne lui serait à présent jamais venu à l'esprit de descendre dans cet hôtel, et n'aurait recommandé cet établissement à aucun de ses clients. Gloire ternie, affiliation à un grand groupe, chambres interchangeables. Un lieu tout juste bon pour des touristes, notamment du fait de sa présence dans *Pretty Woman* – c'était dans ce film qu'il l'avait déjà vu.)

Il trouva un banc entre deux portes d'ascenseurs et s'assit

afin d'observer Francis qui attendait son tour derrière un autre client. Francis ne regardait pas autour de lui, ne semblait s'intéresser qu'à ce qu'il se passait à la réception, où deux groupes étaient en train de s'enregistrer. Il émanait de lui une impatience semblable à celle de quelqu'un qui, dans la queue d'un supermarché, voit le client à la caisse sortir un carnet de chèques ou, pire encore, fouiller le fond de son portefeuille pour y trouver le compte au sou près.

Une fois au comptoir, Francis déclina son identité et se vit immédiatement remettre une clef. Pas de pièce d'identité, pas de carte de crédit, pas de signature. Il se dirigea alors vers les ascenseurs, droit vers Jeff. Jeff consulta à nouveau sa montre, cette fois pour attirer l'attention de Francis, même s'il n'était pas sûr qu'il le remarquerait. Il paraissait préoccupé et appuya à plusieurs reprises sur le bouton « UP », recula d'un pas. Jeff était assis devant lui, juste sous son nez, mais sur un tout autre plan d'existence. Les yeux de Francis étaient rivés au cadran au-dessus des portes des ascenseurs.

Jeff se trouvait suffisamment proche de Francis pour voir sa poitrine bouger au gré de sa respiration. Il examina attentivement ses vêtements. Il était évident qu'ils étaient de première qualité, bien qu'absolument pas tape-à-l'œil. Idem pour sa montre. Jeff n'y connaissait rien en montres, mais celle de Francis était un parfait exemple d'élégance discrète.

Il se rendait dans une chambre, sa chambre, une chambre dans laquelle il avait peut-être déjà séjourné. Ou une chambre dans laquelle il vivait pendant les rénovations de sa maison. Mais cela aurait été incroyablement dispendieux. Et puis il y avait la question de la lingerie. Un cadeau, à en juger par le délicat emballage.

Francis se tenait raide comme un piquet, espérant ainsi se

rendre invisible. Ses yeux ne quittaient pas le compte à rebours des étages. Mais pourquoi s'inquiétait-il d'être observé ? Était-ce la présence de Jeff qui le rendait anxieux ?

Jeff comprit alors. C'était là, sous ses yeux. Francis recherchait l'intimité et l'anonymat d'une chambre d'hôtel dans un établissement où il savait pouvoir compter sur la discrétion du personnel. Il avait une aventure extraconjugale.

Une sonnette tinta, et les portes de l'ascenseur s'ouvrirent. Francis jeta un coup d'œil au jeune homme aux cheveux longs assis sur le banc. Jeff, bien entendu, le dévisageait déjà. Leurs regards se croisèrent. Que vit Jeff dans ces yeux ? Rien qu'il pût interpréter. Un regard aussi froid que celui de la mouette sur la plage. Et Francis disparut dans la cabine.

Aurait-il pu choisir pire moment pour se présenter à Francis ? Il avait été si obnubilé par sa filature qu'il n'avait réfléchi à rien d'autre avant l'instant fatidique.

Il se réconforta en se disant qu'il savait à présent que Francis était vivant, bien vivant. Il pourrait dormir sur ses deux oreilles, sachant que son sauvetage avait été couronné de succès. Quelle importance que Francis le reconnaisse, si lui savait qu'il avait bel et bien sauvé la vie d'un homme ? Il n'avait pas besoin de reconnaissance. Il l'avait soigneusement évitée. Il avait fait ce que n'importe qui (n'importe qui de bien) aurait fait à sa place, sans attendre la moindre récompense en retour. Il avait réussi, il s'en était assuré – c'était là, se dit-il alors, la raison qui l'avait poussé à retrouver Francis –, et à présent, il pouvait reprendre le cours de sa vie, et Francis le cours de la sienne. L'affaire était close.

Jeff observa les gens dans le lobby. La soirée débutait

à peine, c'était l'heure des verres de fin de journée, et les clients se succédaient auprès de l'hôtesse du restaurant. Une poignée de touristes, et une majorité de personnes dont les vêtements indiquaient qu'elles avaient passé leur journée assises à un bureau. Parfois, quelqu'un ou un couple ou un groupe s'approchait des ascenseurs et attendait que les battants s'ouvrent. À l'exception d'un coup d'œil occasionnel, on ne le gratifiait d'aucune véritable attention.

Parmi les personnes qui prenaient l'ascenseur, plusieurs étaient des femmes seules. L'une d'elles s'apprêtait-elle à retrouver Francis ? Était-ce cette brune quadragénaire, habillée pour une garden-party ? Cette femme à l'âge indistinct, blonde et sévère ? Cette jeune femme d'une vingtaine d'années, robe-pull beige, bottes et rouge à lèvres très vif ? À supposer que la personne que Francis était venu retrouver ne l'attende pas dans la chambre.

Jeff avait été si proche de Francis, à quelques centimètres à peine, et c'était pourtant comme s'ils avaient été séparés par un continent entier. Francis l'avait regardé. Un Francis anxieux à cause d'un rendez-vous. Le visage de Jeff avait-il suscité en lui le moindre vestige de souvenir ? Francis était-il en train de se demander, dans sa chambre, qui était ce gamin habillé n'importe comment ? Si les rôles avaient été inversés, Jeff aurait reconnu l'homme qui lui avait sauvé la vie. Il aurait parcouru la planète entière pour le retrouver. La façon dont Francis l'avait dévisagé sur la plage, le geste qu'il avait fait, interrompu par l'ambulancier... assurément, sous son crâne rond et dense, dans un circuit bien précis d'énergie neuronale, reposait une image, une gravure du visage de Jeff.

11

« Tu crois vraiment ?

— Il a levé le bras, il m'a regardé droit dans les yeux. Il devait forcément en subsister quelques souvenirs, profondément enfouis. Mon visage a bien dû atterrir quelque part dans son cerveau, non ?

— Je ne suis pas neurologue.

— Moi non plus, bien évidemment. Mais j'y ai beaucoup réfléchi. Cela t'est déjà arrivé de te souvenir tout à coup de quelque chose que tu pensais ne pas avoir retenu ?

— Bien sûr.

— C'est un vrai labyrinthe, là-dedans. » Il se tapota la tête. « Et quelque part dans le labyrinthe de Francis se trouvait une image de moi, j'en suis convaincu. Qu'il y ait eu accès ou non, je l'ignore.

— Mais il allait bien, il était en vie, et même en forme.

— Absolument.

— Tu avais toutes les réponses à tes questions, non ? »

Il voulut se resservir d'œufs de lump, mais il n'en restait plus. Il se rabattit sur un bâtonnet de carotte. Un serveur passa débarrasser nos plats.

« Voici ce qu'il s'est passé, reprit-il. J'ai repris ma voiture pour rentrer chez moi, je me suis enfoncé dans la circulation de Sunset Boulevard, épaisse comme de la poix, en m'efforçant de me dire que c'était terminé, et pour de bon.

— Ça en avait l'air, en tout cas.

— Pourtant j'avais envie d'emboutir les feux arrière de la voiture qui se trouvait devant moi. Pour qui se prenait ce type, ce Francis Arsenault, qui ne daignait même pas reconnaître ce que j'avais fait pour lui ? Je lui avais donné la vie une seconde fois.

— Tu étais en colère contre lui ?

— Il était mort, sur cette plage. Aussi mort qu'on peut l'être. » Jeff fit une pause afin de me laisser le temps de digérer ses paroles.

« Il a eu de la chance que tu sois là, dis-je.

— Exact ! » Il haussa le ton. « Que se serait-il passé si je n'avais pas été là ?

— Mais tu étais là. »

Il inspira profondément et regarda à travers la baie vitrée, pour remettre de l'ordre dans ses pensées.

« Je me suis fait la réflexion qu'il n'avait pas bénéficié des meilleures circonstances pour avoir une chance de me reconnaître. Comment aurait-il pu tirer de ce recoin boueux de son cerveau l'image de mon visage ? Comment aurait-il pu la rapprocher de cette autre version de moi, les cheveux secs, dans un hôtel, si loin de la plage ? Peut-être qu'avec un peu plus de temps, avec les bons éléments déclencheurs, cela pouvait fonctionner, mais la vérité c'était que je n'avais pas réuni les conditions pour que cela soit possible.

— Ce qui n'était peut-être pas une mauvaise chose, intervins-je, vu les circonstances de cette rencontre.

— Oui, c'est ce que je me suis dit également.

— Donc tu en avais fini. Ou as-tu orchestré une autre rencontre fortuite ? En prenant le soin de te mouiller les cheveux au préalable ?

— Marrant que tu parles de mes cheveux. Non. Je me les suis fait couper.

— Quoi ?

— J'étais au volant de ma voiture, le lendemain, quand je suis passé devant ce salon de coiffure. J'y suis allé tout de suite et j'ai demandé au type de tout couper. Je suis ressorti avec une coupe à la George Clooney, période *Urgences*. Une sorte de coupe César, à frange courte.

— Comme ça, sur un coup de tête ?

— Je voulais repartir de zéro. Me débarrasser de ma crinière d'alors, ça me semblait être une façon idéale de refermer le chapitre G de ma vie. Je crois toujours aux vertus d'un bon rasage de près et d'une nouvelle coupe. L'effet en l'occurrence fut considérable. Tous mes souvenirs mélancoliques m'ont quitté, comme mes mèches sur le carrelage. Plus ou moins, en tout cas. J'ai encore l'image du coiffeur en train de les balayer.

— Peu probable que Francis parvienne à te reconnaître après ça. »

Il dressa l'index. « J'avais changé d'approche. Une fois passée ma colère, ou mon indignation, je me suis dit que je n'avais pas nécessairement envie d'être reconnu. Quelque chose d'autre avait remplacé dans mon esprit ce qui me guidait jusque-là. La reconnaissance, l'absence de reconnaissance : cela, c'étaient des sujets qui me concernaient, moi. La véritable question était tout autre : qui était cet homme à qui j'avais sauvé la vie ? »

12

Lorsqu'elle se fut définitivement enracinée en lui, poursuivit-il, cette question le revigora. Autant que la nouvelle coupe de cheveux. Il nettoya la maison, fit des courses dignes de ce nom et rattrapa le retard qu'il avait accumulé dans la maintenance de ce site de tourisme urbain. Le fait de scroller dans les archives des recherches d'utilisateurs constituait sa tâche préférée, qui en outre lui rappelait sans cesse une leçon de vie inestimable. Il n'est de talent supérieur dans la quête d'un quelconque succès, tous champs confondus, que l'art de poser les bonnes questions. Un peintre, par exemple, peut travailler sur une œuvre en se demandant « Est-ce beau ? Est-ce beau ? », et à son insu, cette question peut s'avérer la mauvaise. L'artiste prend le risque de totalement se perdre en se focalisant sur cet aspect qui n'a absolument rien à voir avec la direction que devrait suivre son art.

La question qui occupait l'esprit de Jeff, celle qu'il avait formulée en regardant ses cheveux tomber sur le carrelage de ce salon de coiffure, ou peut-être avant, était vaste, ouverte, générale. Et il décida de partir en quête de réponses de façon traditionnelle, en se rendant dans son ancienne université – *notre* ancienne université – pour essayer de trouver quelque chose d'intéressant sous forme de fichiers informatiques, de microfilms, de microfiches ou sur support papier dans le fonds de la bibliothèque de recherche.

Il trouva : une annonce de mariage dans le *New York Times* ; plusieurs extraits dans le même journal, au sujet de ventes aux enchères record (les sommes paraissaient sidérantes aux yeux de Jeff) ; une interview dans un magazine d'anciens élèves où il revenait sur les débuts de sa carrière ; un portrait dans le *Los Angeles Times* ; plusieurs entrées dans diverses éditions du *Who's Who* ; des dossiers judiciaires : au civil ; et une interview dans un magazine financier où l'investissement dans des soi-disant valeurs sûres de l'art était présenté comme une solide protection contre les fluctuations du marché boursier. Francis était également mentionné dans un bon nombre d'articles concernant divers artistes, la plupart du temps à la faveur d'une citation laudatrice mise en exergue.

Jeff copia et imprima tout ce qu'il trouva sur Francis Arsenault, puis rentra chez lui, se prépara un café et parcourut les documents qu'il avait rapportés.

13

En tout premier lieu, Jeff découvrit que « Francis Arsenault » n'était pas le vrai nom de l'homme qu'il avait sauvé. Il était né sous celui de Frank Busse, à Columbus, dans l'Ohio, en 1950, et avait eu une enfance très particulière. Son père, Klaus, était avocat et militant du droit du travail, et sa famille l'avait suivi partout où son travail l'avait emmené. Ils avaient atterri à Columbus simplement parce que Klaus avait eu pour mission d'évincer Robert Taft de son fauteuil de sénateur en cette année d'élections.

Klaus refusait de se couper des travailleurs qu'il représentait, raison pour laquelle la famille Busse, en dépit de ses moyens financiers, vécut toujours dans des quartiers populaires. Frank allait dans la même école que les enfants d'ouvriers. Son père croyait que tout le monde devait être traité sur un pied d'égalité. Les camarades de classe de Frank ne partageaient pas cette opinion. Peu importait que son père fût du côté des leurs. Frank devait se battre contre eux, jour après jour. À en croire plusieurs interviews, cette « éducation haute en couleur » le rendit insensible à toute forme d'intimidation.

Son grand-père, Alois Busse, connu pour ses succès dans le domaine industriel, que Klaus passa toute sa vie à combattre, mourut l'année des vingt ans de Frank, et légua la majeure partie de son empire à sa troisième épouse, une danseuse de salon originaire de Floride, de trente ans sa cadette. Cependant, soucieux d'adoucir l'existence que son fils avait imposée à son petit-fils, Alois laissa à sa mort la totalité de sa collection d'œuvres d'art au jeune Frank. Une douzaine de tableaux modernistes européens, parmi lesquels un Picasso, un Braque et tout un tas d'Allemands dont Frank n'avait jamais entendu parler. Une petite sculpture d'Henry Moore, et un portrait en fil de fer réalisé par Calder, censé représenter Alois lui-même. Cette œuvre-là, il se rappelait l'avoir vue à l'occasion d'une de ses rares visites à son grand-père dans son appartement new-yorkais. Éclairée par en dessous, elle projetait sur le mur, derrière, une ombre lugubre, un visage presque monstrueux. « Le véritable Alois », lui avait dit son père.

On ne savait trop si cet héritage avait eu pour but d'encourager les aspirations artistiques du jeune homme ou de le lancer dans le commerce d'œuvres d'art, mais ce fut cette dernière voie que Frank choisit. La première fois qu'il utilisa le prénom « Francis » et le nom de jeune fille de sa mère, « Arsenault », ce fut pour vendre un lot de tableaux d'expressionnistes allemands. L'idée était de camoufler son lien avec feu Alois, afin de pouvoir passer pour un marchand d'art à part entière, et non pour un gamin de riches qui liquidait l'héritage familial.

Il voulut se lancer d'emblée dans le monde des galeries new-yorkaises dans les années 1970, mais trouva le milieu particulièrement petit et refermé sur lui-même, avec un nombre très limité de gros collectionneurs que tous les galeristes se disputaient. Il décrocha un poste à Marian Goodman's Multiples, Inc., qui ne dura qu'un temps, mais le conduisit à faire deux choix audacieux qui définirent la première partie de sa carrière. Le premier, sa spécialisation dans les reproductions. Le second, son implantation en Californie. Il savait qu'il y avait un certain nombre de collectionneurs à Los Angeles – il les voyait, eux ou leurs représentants, lors de ventes aux enchères et de vernissages new-yorkais – et il avait l'intuition qu'en deçà de l'échelon des collectionneurs, il existait un considérable vivier de clients aspirant à le devenir, filon jusqu'ici sous-exploité. C'étaient là des individus qui n'avaient pas les moyens de s'offrir des tableaux de premier ordre, mais désiraient signifier à leurs connaissances – dans cette ville où il était d'usage de faire faire le tour du propriétaire à ses invités afin de leur en mettre plein la vue – qu'ils étaient *au courant*, fins connaisseurs de produits culturels qui n'étaient pas exclusivement issus du monde d'Hollywood. Ce n'était pas le genre à miser leur argent sur des artistes inconnus ou émergents. Ils voulaient acquérir de l'art que leurs congénères reconnaîtraient pour tel.

En arrivant à Los Angeles, il découvrit que d'autres avaient déjà ouvert la voie. Il travailla en tant qu'assistant à Gemini GEL, juste après le départ de Ken Tyler, et même s'il n'y resta pas longtemps, se définissant lui-même comme « définitivement inapte à travailler pour autrui », il repartit avec un joli carnet d'adresses d'artistes, de collectionneurs et d'autres galeristes. Il s'était toujours montré évasif sur l'étape qui avait suivi, passant directement au récit de la location de cet espace à Venice (assorti du commentaire obligatoire « le coin n'était pas aussi agréable que maintenant »), le premier à porter le nom de FAFA, où il vendit d'abord reproductions et sérigraphies, puis, après s'être confortablement installé, où il s'aventura progressivement à proposer des œuvres originales.

Il épousa Alison Collins Baker, l'une de ses artistes, quelques années plus tard.

14

Lorsqu'on lui demandait le secret de son rapide succès – question récurrente dans plusieurs portraits que la presse lui avait consacrés –, les réponses de Francis étaient toujours les mêmes : « J'en savais tellement peu que j'ignorais jusqu'à ma propre ignorance. » Ou bien : « Je me suis découvert un réel talent pour organiser des fêtes. »

Lorsqu'il émergea de son cocon à Los Angeles, laissant derrière lui Frank Busse pour ne plus être que Francis Arsenault, marchand d'art, il se rendit compte que les gens recherchaient sa compagnie, voulaient faire sa connaissance. Avec les collectionneurs, il jouait le rôle du petit-fils d'Alois, perpétuant la tradition familiale de mécénat et de soutien dans le monde de l'art. Avec les artistes, il était le fils gauchiste de Klaus, cet homme qui avait mené une vie conforme à ses valeurs, qui savait d'expérience ce qu'étaient la détresse et la misère. Face à lui-même, il était Francis Arsenault, sa propre invention, *ex nihilo*.

Et Francis Arsenault avait un œil. Cela revenait dans toutes les interviews, tous les portraits, tous les articles. L'œil.

« Vous n'étiez rien si vous n'aviez pas un œil. »

« Même ceux capables d'anticiper toutes les tendances finissent par trébucher et ne jamais se relever s'ils n'ont pas un bon œil. »

« Lorsque tout s'écroule – et tout finit toujours par s'écrouler – ce qui a vraiment de la valeur finit par s'en sortir tandis que les œuvres mineures sombrent. Pour savoir différencier les unes des autres, il faut un bon œil. »

Mais l'œil ne payait pas les assistants, le loyer, les installations. Sur l'aspect purement financier et commercial du monde de l'art, Francis ne débitait que des platitudes. Plus la conversation s'approchait de la question de l'argent, plus ses propos devenaient vides et sentencieux.

Seul un article en parlait en termes très concrets. Il visait très précisément les rumeurs selon lesquelles Francis aurait gonflé le prix d'un vendeur sans l'en avertir. Il aurait dit au collectionneur qu'il pourrait vendre son œuvre 1,2 million de dollars, avant de la céder à un autre à hauteur de 1,5 million, empochant et sa commission habituelle et la plus-value clandestine.

Parmi d'autres citations vénéneuses présentes dans l'article, il y avait celle-ci, d'un « membre actif du monde de l'art désirant garder l'anonymat » : « Si Francis fait le travail qu'il fait, c'est uniquement parce qu'il s'agit du marché le plus facile à manipuler au monde, et qu'il est un maître en manipulation. »

15

Chaque fois que Jeff lisait le mot *œil*, il repensait à l'œil droit de Francis, et à sa paupière mi-close. En consultant une photographie qui illustrait l'un des articles écrits à son sujet, Jeff vit cette même paupière, pas assez fermée pour occulter totalement sa vue du côté droit, mais distinctement plus basse que celle de l'œil gauche, et qui lui donnait un air vaguement somnolent, à la fois séduisant et sceptique. Jeff passa beaucoup de temps à observer les photos de Francis, ou les photocopies noir et blanc au grain grossier qu'il avait rapportées de la bibliothèque, s'efforçant d'y voir non seulement le célèbre marchand d'art, mais aussi le jeune garçon qui avait grandi dans l'adversité, celui qui avait été rejeté par l'élite artistique new-yorkaise. Il regarda aussi longuement la photographie qui accompagnait l'annonce du mariage. Alison Collins Baker, de Greenwich, dans le Connecticut, était d'une rare beauté, et son visage parfaitement symétrique contrastait fortement avec celui de Francis. Si Jeff avait eu cette femme pour épouse, songeat-il, jamais il n'aurait risqué de la perdre en en retrouvant d'autres dans des hôtels chics.

Articles et photographies avaient révélé une somme considérable d'informations manquantes, mais Jeff n'en éprouvait pas moins une frustration comparable à celle qu'il avait ressentie en prenant Francis en filature, l'impression que ce qui se voyait de lui en surface occultait totalement son essence.

16

« J'aurais pu lire un millier de pages du même acabit qu'il serait resté tout aussi opaque, déclara Jeff.

— Tu n'en as même pas tiré une sorte d'arc narratif de sa vie ?

— Bien sûr, mais c'est le propre de la biographie. L'arc narratif n'existe nulle part ailleurs que dans la représentation. C'est une illusion. C'est la même différence qu'il y a entre une histoire de requin et voir réellement un requin. Rien ne peut remplacer le fait de rencontrer quelqu'un en chair et en os. Pour ce qui est de déterminer qui est vraiment cette personne.

— Pour la sentir, tu veux dire ?

— C'est une façon de voir la chose », répondit-il, penchant la tête comme pour me faire entendre que je n'avais pas tout à fait mis dans le mille. « Ce n'est pas quelque chose d'aussi binaire que de déterminer si cette personne est digne de confiance ou non. C'est le sens que je mets derrière le verbe "jauger". Une sorte de don animal. Ce dont je parle est autrement plus subtil. Quand deux personnes interagissent, en chair et en os je veux dire, il y a un échange d'énergie. Ou d'énergies. Elles se superposent, s'enchevêtrent. Ce phénomène est si complexe qu'il dépasse notre capacité à le percevoir. Nous ne sommes pas vraiment équipés pour. »

Je devais faire une drôle de tête, car il but une gorgée de son cocktail, dont il ne subsistait guère plus que les glaçons, et dit : « Tu vois où je veux en venir, avec toutes ces considérations ?

— Continue, je t'en prie.

— J'avais besoin d'un accès direct. »

À travers la baie vitrée, je considérais les cieux gris et bas, les avions qui passaient et les wagonnets pleins de bagages.

« Tu aurais pu t'arrêter là », dis-je.

Il fronça les sourcils.

« C'est sûr, c'est ce qu'on peut se dire maintenant, près de vingt ans plus tard. Mais je n'étais pas celui que je suis aujourd'hui.

— C'est un peu facile, comme argument.

— Es-tu la même personne que tu étais à l'époque ? demanda-t-il.

— Globalement, oui.

— Tu assumes pleinement l'ensemble des décisions que tu as prises à cette période ?

— D'accord, je te concède ce point.

— Il faut bien que tu comprennes qu'il s'agissait d'un événement considérable dans une vie par ailleurs tout à fait ordinaire. Rien de ce que j'avais pu faire jusque-là n'avait jamais entraîné de conséquences aussi lourdes. Réfléchis un peu à ça : si pour quelque raison que ce soit je n'avais pas sauvé la vie de Francis, s'il était mort sur cette plage, rien de tout ce qui a suivi ne serait arrivé.

— Dans le fond, on peut en dire autant de beaucoup de choses. Il suffit d'un battement d'ailes de papillon... »

Il leva une nouvelle fois la main. « Certains événements ont plus d'impact que d'autres. Et alors le raz de marée de leurs conséquences emporte tout. Ce rendez-vous à l'hôtel ? Il n'aurait jamais eu lieu. La nouvelle expo de la galerie ? Pareil. Tout le matériau que j'avais trouvé à la bibliothèque d'Ucla aurait résumé sa vie dans son entièreté. Avec quelques notices nécrologiques en prime, rien de plus. Mais grâce à moi, grâce à mon intervention, Francis a pu poursuivre le cours de son existence.

— Comme si rien ne s'était passé.

— Oui, enfin, cet épisode l'avait également marqué.

— Comment ça ?

— J'y viendrai. Et en ce qui concerne mon état d'esprit d'alors, il m'était impossible de considérer quoi que ce soit qui fût lié à Francis sans avoir le sentiment que j'en étais au moins partiellement responsable.

— Dieu en habits civils », dis-je, citant un livre que j'avais lu vingt ans auparavant.

Il se pencha vers moi. « Je commençais à prendre conscience que j'avais accompli quelque chose d'important. Quoi précisément, c'était encore à déterminer.

— Il *te* restait encore à le déterminer.

— Exactement.

— Plutôt espion que dieu, dans ce cas. »

Il secoua la tête. « Un espion réserve son jugement. »

17

Jeff prit l'habitude de se rendre régulièrement au café, où il apprit le nom de la femme aux cheveux frisés qui officiait au comptoir (« Une certaine Molly. Incroyable ce qu'on peut retenir au fil des ans ») et passa énormément de temps à observer la galerie du trottoir d'en face. Il n'était pas difficile d'imaginer une version alternative des lieux, avec une pancarte « FERMÉE AU PUBLIC » en devanture, ou quelque autre signe indiquant que l'homme qui avait donné son nom à cet espace avait péri dans un malheureux accident nautique. C'était ce que Jeff faisait parfois, il s'imaginait un univers parallèle, pour se rappeler qu'il était le seul responsable du cours de celui-ci, où lui, Francis et nous tous étions bel et bien en vie. Il essayait de réunir assez de courage pour traverser la rue et entrer. Il n'avait plus revu Francis depuis la fois où il l'avait suivi jusqu'à l'hôtel. Chaque jour qui passait affermissait sa résolution de franchir le pas. Qu'est-ce qui l'en empêchait ? Il ne savait pas trop. La peur de la révélation ? De se faire reconnaître ? Peut-être était-ce simplement par sagesse. Peut-être aurait-il mieux fait de tourner le dos à tout cela, et peut-être au fond de lui une voix lui enjoignait-elle de le faire.

Il ne l'écouta pas, bien évidemment.

Et pourtant il ne se résolvait pas à traverser.

Un jour, alors qu'il s'apprêtait à quitter le café, il aperçut une assistante de FAFA sortir en trombe de la galerie. Derrière elle, la porte de verre se referma si violemment qu'il s'étonna qu'elle ne se brise pas. L'assistante traversa la rue, les jambes peu assurées sur ses hauts talons, les joues rouges et les yeux brillants de larmes. Il l'avait déjà vue acheter des cafés à emporter pour toute l'équipe. Cette fois-ci, elle n'entra pas dans le café, mais fila droit vers le parking mitoyen, marmonnant un chapelet de jurons furieux. Deux minutes plus tard, dans un grincement de pneus, elle disparaissait au volant d'une petite Mercedes métallisée.

Le lendemain matin, Jeff retourna au café, commanda sa boisson habituelle, ouvrit son ordinateur portable et, comme de coutume, regarda le trottoir d'en face. Dans le coin inférieur gauche de l'énorme vitrine de la galerie plaquée contre le verre dépoli afin d'être lisible de l'extérieur, on avait collé une feuille : *Recherche assistant. S'adresser à l'accueil.*

18

« Tu n'as pas fait ça », dis-je.

Il retira ses lunettes, les porta à la lumière afin d'en examiner les verres, sortit un pan de chemise de son pantalon pour les essuyer, puis l'y remit. Pour une raison qui m'échappait, il essayait de gagner du temps, ou ménageait l'effet de sa réponse d'une façon exagérée. Il s'éclaircit la voix.

« Est-ce que cela serait revenu à franchir une ligne jaune ? » demanda-t-il.

Je répondis que j'en savais rien.

« Ma vie aurait été bien différente – je parle des vingt dernières années, bien sûr – si je ne l'avais pas franchie. »

19

Jeff se tenait devant la cloison qui courait tout le long de la galerie et regardait à travers la petite ouverture. Il aperçut un homme – ce n'était pas Francis – au téléphone. Il hésita, se demandant s'il devait s'annoncer avant de s'avancer, mais l'homme était si absorbé par son appel qu'il ne le remarqua pas. Jeff longea la cloison pour la contourner et entrer de plain-pied dans la salle principale de la galerie, un vaste cube blanc avec au moins sept mètres de hauteur sous plafond. Jeff entendait l'écho de ses propres pas sur le sol de béton, ainsi que de la moitié des paroles de la conversation téléphonique. Il ne se trouvait personne d'autre qu'eux dans la galerie. Jeff entendit l'homme prononcer le nom de *Francis*, et il sentit son estomac se nouer.

« Francis veut absolument que les œuvres soient ici à son retour de Kassel, dit l'homme. Sinon, pas d'exposition. »

Francis n'était pas à Los Angeles, ce qui était un vrai soulagement. Jeff aurait un peu de temps pour prendre ses marques.

L'homme, la trentaine, cheveux bouclés, teint hâlé, était assis à un petit comptoir où une pile de brochures se dressait à côté d'un présentoir de cartes de visite. Sur la droite, un panneau « PRIVÉ » interdisait l'accès à une volée de marches qui menait à ce qui devait être des bureaux. Jeff s'étonnait de ne voir personne. Du café d'en face, en regardant les silhouettes aller et venir, il s'était imaginé la galerie comme une ruche bourdonnante d'activité.

Il pénétra dans la salle du fond, avec l'impression d'y entrer par effraction. Elle était aussi vide de présence humaine que l'espace principal, et baignait dans la même lumière diffuse du jour. Il s'autorisa alors à s'absorber dans la contemplation des tableaux au mur. Jusque-là, les œuvres d'art n'avaient été pour lui que de simples rectangles perçus du coin de l'œil, des objets qui se trouvaient là où ils étaient censés être et dont l'absence aurait probablement davantage attiré l'attention. Dans la salle du fond étaient accrochées d'immenses toiles recouvertes de traits énergiques et multicolores, dans une grande variété de styles. L'un des tableaux représentait une structure qui évoquait une maison, mais les autres étaient tout à fait abstraits. Il se fit alors cette réflexion que beaucoup s'étaient faite avant lui, et que beaucoup se feraient encore : un enfant aurait pu peindre la même chose.

Il examina les cartels, et s'étonna que tant d'œuvres ne portent aucun titre. Aucun des noms d'artistes ne lui était familier. Il fut soulagé de constater qu'il n'y avait pas de prix indiqué. Il en conclut que FAFA faisait aussi office d'espace d'exposition à but non lucratif, comme un musée. Cette réflexion le rendit plus indulgent vis-à-vis des œuvres : bien qu'elles ne fussent pas à son goût, il acceptait qu'elles soient le fruit d'un désir sincère des artistes de s'exprimer, et qui aurait pu les en blâmer, puisque leur travail ne servait pas de prétexte à flouer qui que ce soit.

L'homme à l'accueil mit fin à son appel téléphonique par une phrase tout à fait surprenante, un « OK, je t'aime » sorti de nulle part. Jeff repassa dans l'espace principal, se dirigeant vers le bureau. L'homme griffonnait quelque chose dans un carnet de notes. Jeff se tenait face à lui depuis quelques instants déjà lorsqu'il releva les yeux.

« Je viens postuler pour la place d'assistant », déclara Jeff.

L'homme le jaugea, et sourit comme s'il était soulagé de le voir.

20

Il s'appelait Marcus, et, selon ses propres mots, il avait plus que hâte de retourner à l'étage où l'attendait une somme de travail inimaginable. Le boulot était simple, à condition d'être prêt à baby-sitter des œuvres d'art, à chasser les touristes et à se faire crier dessus.

Marcus leva l'index. « Tout ça en présentant bien, ajouta-t-il. Sans jamais paraître négligé ou débraillé. »

Se rendant soudainement compte qu'il avait sauté quelques étapes, il interrogea Jeff sur son expérience.

Jeff lui répondit qu'il venait de décrocher son diplôme de fin d'études à Ucla. Marcus fit remarquer que leur département histoire de l'art était excellent, et dans son état de nervosité Jeff opina de la tête sans rien dire. Marcus y vit la confirmation que cela avait justement été la matière principale de Jeff alors que celui-ci n'en avait jamais suivi ne serait-ce qu'un cours, pour la simple raison qu'il savait que, dès le premier diaporama, les lumières à peine éteintes, il se serait aussitôt endormi.

Marcus lui montra une feuille simple dans une pochette en papier cristal, en lui disant qu'il serait le gardien de la liste des prix. À côté de certains titres, il y avait des points rouges, dont la signification échappait à Jeff. Il était trop occupé à digérer le fait que les œuvres étaient bel et bien proposées à la vente, et que les nombres qui figuraient sur cette feuille étaient leurs montants. Ils n'étaient pas suivis du symbole du dollar, mais les sommes semblaient bien trop importantes pour ces œuvres qui étaient exposées aux murs de cette galerie, là, juste sous ses yeux. C'étaient des montants absurdes, que n'importe qui de raisonnable aurait plutôt consacrés à l'achat d'une maison.

Il ne posa aucune question, de peur de passer pour le béotien qu'il était, et se comporta comme si de rien n'était.

Marcus expliqua à Jeff que les gens pouvaient consulter la liste des prix, mais sans s'éloigner du bureau. S'ils donnaient l'impression de mémoriser ou de noter les prix, Jeff devait alerter Marcus en appelant son poste. S'il avait la moindre question, il ne devait jamais hésiter à le contacter à son poste. Il devrait répondre aux appels téléphoniques, prendre des messages, mais ne jamais noter de questions. Si quelqu'un demandait à parler à Francis, appeler Marcus. Si quelqu'un demandait à parler à *qui que ce soit*, appeler Marcus.

Il demanda à Jeff s'il pouvait débuter tout de suite. Jeff lui répondit que oui.

« Dieu merci, fit Marcus. On s'occupera de la paperasse plus tard, mais vous êtes d'ores et déjà embauché.

— J'ai tout de même quelques questions, dit Jeff.

— Plus tard. Pour l'heure, contentez-vous de vous asseoir ici et d'être beau. Ça ne devrait pas être trop difficile. » Il lui décocha un clin d'œil. « Ayez l'air de quelqu'un qui tiendrait l'accueil dans une galerie d'art. Et ne laissez personne ressortir avec un tableau. »

Que se passa-t-il durant cette première journée ? Pas grand-chose. Soulagé de sa peur de voir Francis apparaître, Jeff la remplaça par celle qu'on lui demande de procéder à la vente d'une des œuvres. Mais aucune des personnes qui entrèrent ne semblait vouloir acheter. Elles arpentaient la galerie, pointaient un tableau du doigt, puis, dans leur écrasante majorité, ressortaient avec un discret « merci ». Jeff s'efforçait de se donner un air professionnel en écrivant sur des feuilles, comme il avait vu Marcus le faire. Le poste correspondait néanmoins exactement à la description que Marcus en avait faite, ce jour-là : rester assis et être beau. Et supporter le silence, ou, s'il y avait des visiteurs, les pas qui résonnaient et les chuchotements. Seule une personne demanda à consulter la liste des prix ce premier jour, une femme d'un certain âge avec une coupe à la garçonne et une paire de petites lunettes rouges au bout du nez.

« Oh, fit-elle. Je vois qu'elle a déjà été achetée. Quel dommage. »

Ce fut là que Jeff comprit que les points rouges indiquaient les œuvres vendues.

« Savez-vous si elle est partie à ce prix-là ? » demanda-t-elle.

Il la considéra d'un regard neutre et tendit la main pour appeler le poste de Marcus.

« Non, non, dit-elle. Ne vous embêtez pas. *Ils* ne me diront rien. »

Lorsque la galerie était vide, Jeff se surprenait à regarder l'escalier sur sa gauche, avec le panneau « PRIVÉ ». Marcus était quelque part là-haut. Jeff l'entendait parler au téléphone. Ainsi qu'une femme. Il se demandait ce qui avait bien pu se passer avec celle qui l'avait précédé à ce poste pour qu'elle quitte la galerie en larmes. Dans la même situation, ce sont des larmes d'ennui que Jeff aurait versées. Il se rappela ce que sa mère lui disait lorsqu'il était enfant : « Attendre, c'est faire ce qu'on n'a pas envie de faire jusqu'à ce qu'on puisse faire ce qu'on veut. » Dans cette toute nouvelle sinécure, il attendrait le temps qu'il faudrait, jusqu'à ce que revienne Francis.

De jour en jour, de nouveaux points rouges apparaissaient sur la liste des prix. Des ventes étaient réalisées, mais jamais en sa présence, jamais sous ses yeux. Alors qu'il passait tout son temps assis au milieu des œuvres. Cela conférait un aspect irréel à ses journées.

Marcus, aux origines et préférences sexuelles plus que troubles, et dont l'existence avait été en grande partie déterminée par un traumatisme durant son enfance, ne cessait de changer de registre de langue en s'adressant à Jeff, afin de mieux cerner ce gamin fraîchement engagé. Jeff se faisait appeler « mec », « gars », « frère » et « *ese* », sans qu'à aucun moment Marcus lui donne l'impression d'un vieux qui s'essayait au « langage des jeunes ». Chaque type d'argot, de celui des surfeurs à celui des gangs, semblait aussi justement et sincèrement employé que le précédent. Marcus, en tout cas durant ces premiers jours, passait à ses yeux pour un caméléon, un connaisseur et un marchand, un esthète et un bonimenteur. Il quittait à tout moment la galerie pour aller voir « une connaissance », terme qui pouvait englober un million de définitions différentes.

Son acolyte Andrea était plus froide. Âgée d'une quarantaine d'années, concentrée et détachée, elle était toujours impeccable. Crayon à lèvres rose-rouge, chignon strict. Au début, Jeff crut que seuls les ragots et l'argent l'enthousiasmaient. Et puis un après-midi, il entendit une de ses tirades sur la plongée sous-marine. Tout ce qu'elle faisait à FAFA n'avait d'autre finalité que son prochain voyage, sa prochaine aventure sous les flots, au Belize, au Mexique, ou dans le Pacifique sud, où elle irait nager au milieu des poissons, des coraux et des algues. Jeff eut moins de mal à la comprendre lorsqu'il saisit que c'était là qu'elle vivait sa véritable existence, sous les mers, absorbée par sa tranquille solitude, et que le monde de la galerie – et même la terre ferme tout entière – était pour elle subordonné au monde aquatique.

Il était impossible de savoir ce que Marcus et Andrea pensaient des artistes, ou de l'art en général.

Rafe, du service transport des œuvres, détesta Jeff d'emblée, sans raison apparente. Et Naomi, assistante comme lui, lui demanda ce qu'il venait faire ici, s'il n'aspirait à être ni artiste ni marchand d'art. Il n'eut aucune réponse à lui fournir. Il y avait d'autres employés, et bien qu'il ne fît pas tout de suite leur connaissance, il eut conscience que l'annonce de son arrivée fit le tour de toute la petite équipe de FAFA, où initialement, on le considéra comme un type lambda.

21

« C'est un sacré atout d'être pris pour quelqu'un de lambda, dit Jeff. Tout particulièrement dans un domaine d'activité qui repose sur l'échange d'informations. Mais j'étais alors loin de maîtriser tout cela à l'époque. »

Il s'adossa à son fauteuil, doigts entrelacés derrière la tête, jambes croisées au niveau des chevilles.

« J'étais si inexpérimenté et si ignorant, reprit-il, que personne n'arrivait à croire qu'il s'agissait d'autre chose qu'une façade. Enfin quoi, ils voyaient débarquer un gamin tout juste sorti d'Ucla, incapable de faire la différence entre un Ruscha et son propre cul, sans la moindre ambition de produire ou de vendre de l'art, qui faisait un boulot monotone sans jamais se plaindre, qui s'entendait bien avec tout le monde, etc. Si j'avais déclaré quelque ambition que ce soit, toutes les spéculations se seraient volatilisées, mais comme je n'en avouais aucune, tout le monde – cela, je ne le sus que plus tard, bien évidemment, à l'époque j'étais loin de m'en douter – tenait absolument à savoir quel but je poursuivais en réalité.

— Ils n'auraient jamais pu deviner ce qui te motivait vraiment.

— Exact ! » Il se redressa. « Et franchement, à plus long terme, moi aussi je n'en savais rien. Jamais je ne me serais attendu à devenir marchand d'art.

— Tu es marchand d'art ? »

Il me dévisagea, l'air surpris. « Bien sûr. Nous avons une galerie ici, dans le quartier de Chelsea. Plus une autre à Londres, et une troisième à Berlin. C'est pour cela que je me rends en Allemagne. Pour un vernissage. »

22

Quelques semaines plus tard, un après-midi, alors que la galerie résonnait du bruit des perceuses et du grincement des vis dans le bois des caisses scellées, Jeff se retourna afin de décevoir un visiteur de plus à travers l'interstice de la cloison, et vit Francis passer en un éclair. Il paraissait glisser sur le sol de béton, presque sans un bruit, dans ses luxueux mocassins de cuir, sans un seul coup d'œil à Jeff. Plus petit que dans son souvenir, tout en muscles mais absolument pas imposant, comme s'il avait été taillé dans un gigantesque câble, il se déplaçait sans grimace, sans hésitation, sans souffrance. Il portait un costume en lin. Pas de cravate ni de lunettes. Rien ne révélait que Francis était mort et avait été ramené à la vie, rien ne laissait entendre que cette expérience l'avait transformé, ou l'avait rendu ne serait-ce qu'un peu plus humble.

Francis monta l'escalier sans ralentir, appelant Marcus et Andrea avant d'atteindre la dernière marche. Et il disparut. S'il avait remarqué la présence de Jeff, cela n'avait été que pour s'assurer que quelqu'un se trouvait bien à l'accueil.

Le cœur de Jeff battait à tout rompre. Devait-il aller à

l'étage se présenter ? Il ne s'était pas encore aventuré là-haut et ne savait pas vraiment s'il y serait le bienvenu. Pourtant, il ne pouvait se contenter de ce bref passage de Francis, de cette ligne quasi droite de l'entrée de la galerie à son bureau. À tout le moins, il espérait le voir en action. Véritablement en action : en train de prendre des décisions, en train de faire usage de son fameux œil.

Cela se produisit quelques jours plus tard, lors du montage d'une exposition des nouvelles œuvres d'Alex Post, l'un des principaux artistes de FAFA. La galerie était sens dessus dessous. Des caisses aux quatre coins de l'espace, des tableaux posés contre les murs, des rouleaux de gros scotch, des transporteurs d'œuvres et des installateurs en gants blancs qui galopaient à gauche et à droite, de la musique criarde qui s'échappait d'une radiocassette en sale état, et Marcus et Andrea qui donnaient des ordres en parcourant leur check-list. Un certain nombre d'œuvres étaient arrivées en retard.

Post, un homme d'âge mûr aux airs de brute, lunettes à épaisse monture noire et combinaison de travail, passait d'une œuvre à l'autre, contemplait son propre travail, demandant parfois son opinion au premier venu, d'autres fois fixant l'éclairage comme si cela aurait pu suffire à déplacer les projecteurs. Il mettait un grand soin à guider les installateurs qui accrochaient ses œuvres, n'hésitant pas à vérifier les mesures avec son propre mètre, et appliquant lui-même des bandes de ruban de masquage. On aurait plus dit un régisseur qu'un artiste, et Jeff n'avait compris qui il était que grâce aux cartons annonçant le vernissage de sa prochaine exposition. On y voyait une photographie de Post, rasé de près, vêtu d'une veste de soie sans col, paraissant plus jeune d'au moins cinq ans. Jeff avait longuement contemplé ces cartons durant l'une de ses journées interminables, se demandant ce qui faisait de cet homme un artiste, ce qui le poussait à réaliser ces tableaux abstraits monumentaux. Les lunettes et la veste de soie lui donnaient un air d'esthète sagace, un individu qui avait accès à des savoirs anciens et des sphères supérieures. L'homme qu'il avait devant lui n'aurait pas détonné au fond de la fosse d'un atelier de réparation automobile.

Francis apparut au bas de l'escalier comme s'il venait de le descendre en lévitation, ses mocassins de cuir inaudibles au milieu du brouhaha de la galerie. Jeff essaya d'attirer son regard, mais Francis l'avait déjà dépassé, se dirigeant droit vers Post, les bras grands ouverts. Ils se serrèrent dans les bras en se tapant fort dans le dos, dans des effusions exagérées. Francis lui demanda si tout lui plaisait, et Post répondit que oui, à l'exception des prix. Il craignait que Francis n'ait mis la barre un peu trop haut. Il avait entendu dire que le marché s'essoufflait un peu, et il n'avait pas envie de finir comme D.S., chez Gagosian.

Francis lui répondit que les prix fixés étaient parfaits. Il avait déjà cédé un tiers des tableaux en prévente, et avait dressé une liste d'attente pour le reste.

« D'ailleurs à ce sujet, dit-il en pointant du doigt la première peinture que verraient les visiteurs en faisant le tour de la cloison, il faut que nous échangions ce tableau avec l'un de ceux qui se trouvent dans l'autre salle. »

Post lui fit remarquer que les œuvres étaient exposées dans un ordre spécifique.

Francis passa dans l'autre salle, appela deux transporteurs pour les sommer de déplacer le tableau qu'il avait choisi.

Les transporteurs s'exécutèrent et le déposèrent à côté de celui qui avait déjà été fixé en première place.

Les deux œuvres étaient d'énormes peintures abstraites, géométriques. Des arcs et des cercles sur un fond neutre, comme tracés à l'aide d'un compas géant. Il n'y avait là pas une once de spontanéité ou d'expressivité, les courbes semblaient déterminées par des lois purement physiques, comme pour dépeindre les convexités de bulles de savon dans une matrice.

Du point de vue de Jeff, les deux tableaux étaient impossibles à distinguer l'un de l'autre, que ce soit par leur qualité, leur taille ou même leur contenu. Pourtant, Francis en préférait un. Jeff voyait enfin son œil à l'œuvre.

Post secouait la tête. Ce tableau ne pouvait être exposé en premier. Ce n'était pas là sa place. L'exposition s'intitulait *The Rake's Progress* : on ne pouvait placer *Mariage* avant *Naissance*. C'était complètement absurde. Plus il défendait son point de vue, plus il s'agitait. Francis l'observa, impassible, avant de lui demander s'il avait fini.

Post haussa le menton en direction de Francis.

« Le tableau ira ici, déclara Francis. Sans quoi toi et ta toile, vous irez voir du côté de chez ce putain de Gagosian. Qui de toute façon ne voudra jamais de toi. »

Post avança d'un pas. Il devait bien faire quinze centimètres et une bonne vingtaine de kilos de plus que Francis. Ce dernier ne broncha pas. Jeff était impressionné par cette démonstration de force, ainsi que par la foi que Francis avait en son œil, cet œil capable de discerner ce qu'il y avait de si spécial dans cette peinture. Prédisposé à prendre le parti de Francis, Jeff aurait aimé dire à Alex Post de baisser les armes et de faire confiance à son galeriste.

Andrea intervint pour rétablir la paix. « On pourrait avancer que *Mariage* est l'œuvre parfaite pour ouvrir l'exposition, en ce sens qu'elle représente l'apothéose de.. »

Post leva la main. Il ne voulait pas qu'on le convainque. Personne ne pouvait le convaincre. Il préférait céder, tout simplement, parce que c'était ainsi qu'il fallait faire, dit-il, quand on travaillait avec Francis *Arse*nault, en accentuant *Arse* (« trou du cul ») dans son nom. Il cracha une litanie de jurons, à l'intention de personne en particulier, et déclara qu'il ne viendrait pas au vernissage, ce qui voulait dire qu'ils seraient tous contraints de boire leur vin médiocre sans lui. Et il partit.

Francis le regarda sortir avec un calme olympien. Lorsque Post eut disparu, il frappa dans ses mains en disant à tout le monde de se remettre au travail. *Mariage* fut fixé au mur, Francis retourna dans son bureau. L'œil avait triomphé.

Jeff quitta l'accueil pour aller contempler l'œuvre. Il se campa devant et s'efforça de comprendre ce que Francis y voyait, ce quelque chose qui manquait au tableau accroché jusqu'ici à cet emplacement, mais il ne distinguait rien de particulièrement remarquable. Il passa dans la salle du fond pour jeter un regard à *Naissance*, qui avait pris la place de *Mariage*. Cette toile semblait valoir l'autre, aussi bien dans sa palette que dans la disposition des éléments formels qui la constituaient, ou encore dans son aspect global. Jeff avait beau n'apprécier ni l'une ni l'autre, il aurait voulu être capable de déterminer ce qui faisait de *Mariage* une œuvre d'exception.

Était-ce cela, avoir un œil ? Être en mesure de déceler une distinction qualitative si subtile qu'elle passait pour invisible aux yeux de l'homme de la rue ? Ou était-ce une formule secrète, un message caché qui ne se révélait qu'aux connaisseurs – un concept que Jeff aurait compris et reconnu s'il avait effectivement choisi histoire de l'art en matière principale ? La colère montait en lui à l'idée que l'art (car il *croyait* en l'art) pouvait aussi se transformer en quelque chose qui, à l'instar de tant d'autres, poussait le commun des mortels à se sentir idiot. Parce que, il le reconnaissait enfin, c'était précisément l'effet qu'avait cette toile sur lui : elle lui donnait l'impression de ne pas saisir quelque chose d'important. Le fait que d'autres percevaient ce quelque chose, ou prétendaient le voir, au point qu'une peinture fût considérée comme supérieure, ou plus digne d'être exposée qu'une autre, ne faisait que souligner la nature occulte de ce monde dans lequel il était à présent plongé.

23

Quelques jours plus tard, Jeff vit Marcus sortir de la galerie une raquette sous le bras. Il lui demanda s'il allait faire un tennis. Marcus afficha un large sourire, et Jeff comprit immédiatement son erreur.

« Du squash », répondit Marcus.

Jeff avait déjà entendu parler de ce sport, mais n'avait encore jamais rencontré quelqu'un qui le pratiquait.

« C'est comme du racquetball, c'est ça ? »

Le sourire de Marcus ne quittait pas son visage. « Le racquetball est au squash ce que le jeu de dames est aux échecs. *Comprende ?*

— Où joues-tu au squash ?

— Au Sports Club LA. Francis est membre.

— Tu y joues avec lui.

— On s'y remet. Il s'est cassé quelques côtes au cours d'une partie, il y a un petit bout de temps. C'est pour cela que... bon, c'était avant qu'on t'engage, tout ça.

— Une partie contre toi ? »

Marcus hocha la tête. « Je n'ai jamais su le fin mot de l'histoire. C'était avec un autre type du club. »

Du squash. Aucune référence à l'océan, ni à la noyade, ni à la réanimation, ni à ce mur de brique vers lequel nous nous précipitons tous malgré nous, et qui cette fois, pour Francis, s'était avéré n'être qu'un paravent de papier. Pourquoi Francis avait-il menti ? La vérité le gênait-elle ? Redoutait-il que cette noyade soit interprétée comme un signe de faiblesse ?

« Le vernissage aura lieu la semaine prochaine, dit Marcus en se dirigeant vers la sortie. Tu serais bien inspiré d'aller faire un peu de shopping. Et de ne pas lésiner sur les chaussures. »

Jeff dépensa l'équivalent de deux semaines de salaire dans un costume noir de chez Banana Republic et une paire de mocassins de chez Florsheim.

24

Le soir du vernissage, Jeff fut chargé de la musique : une compilation de morceaux de Charlie Parker sur CD, le volume à la limite du subliminal, juste ce qu'il fallait pour se prémunir contre les silences gênants.

Post arriva une demi-heure avant le début de la réception, parcourant la galerie et hochant la tête d'un air approbateur en considérant l'installation, à l'exception notable de *Mariage* qu'il se refusa ostensiblement à regarder. Il se plaignit à nouveau des prix auprès de Francis, ce à quoi ce dernier lui répondit que la cote de ses tableaux doublerait dans les cinq prochaines années, et ce fut là leur baiser de réconciliation, à la suite duquel l'artiste joua de son autorité auprès du responsable des rafraîchissements afin que celui-ci ouvre une bouteille de pinot gris.

L'impérieux et implacable Francis, celui qui avait soumis Alex Post, avait disparu. Le Francis des vernissages était nimbé d'une aura de générosité. Ses sourires étaient affables et épanouis, et son verre de vin toujours rempli – il n'en buvait une infime gorgée que lorsque quelqu'un portait un toast. Il compensait sa petite taille et sa faible corpulence en se plaçant toujours sous l'un des gros projecteurs disposés en une sorte de trame quadrangulaire, attachés au plafond par des câbles. Il ne restait jamais au même endroit, mais il finissait invariablement sous l'un de ces projecteurs, les cheveux illuminés d'un éclat de tungstène. Andrea et Marcus arpentaient la foule sans relâche, guidant certaines personnalités jusqu'à Francis, distribuant leurs ordres aux assistants, et Francis semblait se trouver à mille lieues au-dessus de toute cette effervescence, imperturbable et serein.

La réception ne tarda pas à battre son plein, et Jeff remarqua que le tohu-bohu de la foule, les conversations, les quintes de toux et les rires ne cessaient d'osciller, gagnant en vigueur lorsque les convives essayaient de parler plus fort que leurs interlocuteurs, et s'amenuisant soudainement, selon un principe qui lui échappait, avant une énième répétition du même cycle. Le nadir des décibels était le seul bref instant où l'on parvenait à entendre la musique de fond, juste avant que les voix des invités la recouvrent.

Rares étaient ceux qui s'intéressaient aux œuvres. Les convives étaient manifestement là pour se faire voir... des autres convives, se disait Jeff. Il ne reconnaissait personne. Mais il remarqua que certains, sans doute les plus influents, étaient les seuls à se faire aborder, et qu'un autre groupe était responsable de l'écrasante majorité des tentatives d'approche, à intervalles réguliers. Les membres du troisième groupe – le vulgum pecus, toute proportion gardée eu égard au contexte – restreignaient leurs interactions aux personnes avec qui ils étaient arrivés. Et puis il y avait aussi ceux qui contemplaient les œuvres. Qui étaient-ils ? Des artistes en devenir, des assistants, des experts, des marchands de lithos, de simples employés de maisons de vente...

Jeff parcourut à son tour l'exposition, en prenant soin d'avoir toujours l'air de se rendre quelque part, glanant au passage des bribes de conversations, sans jamais quitter des yeux Francis, la pièce maîtresse de cette machine complexe et scintillante. Une machine très séduisante. Enchanteresse. Il ne pouvait s'empêcher d'être impressionné, ébloui, même.

Afin de ne pas se laisser intimider, il se rappelait sans cesse que s'il n'avait pas sauvé la vie de Francis, rien de tout cela ne serait arrivé.

Andrea aiguilla délicatement un homme d'un certain âge, originaire du Moyen-Orient, jusqu'à *Mariage*, tandis que Marcus alertait Francis. De toute la soirée, ce fut la seule fois où Jeff vit Francis aller à la rencontre de quelqu'un. Tous deux échangèrent une poignée de main et des sourires, plus formels que ceux qu'affectionnait Francis en temps normal. L'homme semblait satisfait du tableau, et épaule contre épaule, Francis et lui le contemplèrent en parlant de ses qualités, sans doute : Jeff n'était pas à portée de voix.

Marcus le surprit bouche bée. « C'est un Al-Thani, fit-il, comme si ce nom pouvait signifier quelque chose pour Jeff. Un membre de la famille de l'émir du Qatar. »

Jeff eut alors le sentiment d'assister à un événement d'une très haute importance.

« Francis est en train de lui présenter la plus belle œuvre de l'exposition, dit Jeff à mi-voix.

— La plus belle ?

— Il l'a déplacée spécialement pour l'accrocher à l'entrée de l'expo », répondit Jeff.

Marcus le toisa comme s'il venait tout juste de descendre d'un tracteur.

« M. Al-Thani a déjà fait l'acquisition de ce tableau, déclara-t-il. Il l'a acheté sans même l'avoir vu, la semaine dernière. Cadeau de mariage pour sa future belle-fille. »

Bien sûr. *Mariage.*

25

« Comment cela a-t-il affecté l'opinion que tu avais de Francis ? » demandai-je.

Jeff sourit. « Ce fut une désillusion. Cela n'invalidait pas la notion d'œil, mais ça m'a foutu de sale humeur, rétrospectivement, cette façon qu'il avait eue de soumettre le choix de l'artiste à son besoin de flatter le collectionneur. J'ignorais alors tout ce que je sais à présent.

— C'est-à-dire ?

— L'art, ce n'est que le ciment. Enfin, évidemment, pas toujours. Parfois, on a affaire à de l'art avec un grand A. Mais la plupart du temps, du point de vue du monde de l'art, les œuvres existent essentiellement en tant que prétexte à la vente et à l'achat, aux relations sociales, à l'expression des goûts et des ego, au blanchiment d'argent sale.

— Je suis sûr que les artistes ne le voient pas du même œil, dis-je.

— Certains oui, d'autres non. »

Je haussai les sourcils.

« De temps à autre, il arrive que des artistes essaient de

présenter des œuvres impossibles à acheter, impossibles à vendre. Mais le marché a toujours le dernier mot. »

Son regard se fit distant. Il me demanda si je désirais une autre bière sans alcool. Je me proposai cette fois de m'en occuper, puisque de toute façon je devais m'absenter momentanément.

« Vodka soda, s'il te plaît », dit-il.

Je me frayai un chemin dans le labyrinthe de tables et de petites salles du lounge première classe jusqu'à trouver enfin, à l'écart de tout, les WC. Ils étaient tout à fait différents de ceux de l'étage inférieur : du marbre partout, des orchidées sur les plans de toilette, des serviettes en coton à usage unique, et une sensation générale d'espace et de sérénité. Pas de files d'attente, pas de cohue, pas de valises casées à la va-vite dans des cabines peuplées de défécateurs en train de grogner. Ici, les portes allaient du sol au plafond. Ce n'était pas aussi fastueux qu'un hôtel de luxe, mais c'était – contrairement aux toilettes du reste de l'aéroport – très décent. J'urinai en paix, porté par la musique méditative diffusée par les haut-parleurs du plafond.

Je ne savais pas quoi faire de l'histoire de Jeff. J'essayais encore de digérer le fait qu'il était devenu marchand d'art. Était-ce cela qui l'avait empêché de révéler la vérité durant ces longues années ? Ou y avait-il encore autre chose ? Alors qu'il déroulait son récit, j'avais éprouvé un malaise croissant, sans doute parce que j'avais conscience d'être le premier à l'entendre, d'être ce confesseur fortuit qui, par sa simple apparition, l'avait amené à cette excavation de son passé. Mais était-ce bien une excavation, le soulagement de paroles tues trop longtemps ? Ou était-il en train de peindre une sorte d'autoportrait, à mon intention ? Un autoportrait qui, fidèle aux règles du genre, ne pouvait être que complaisant et intéressé ? Contée autrement, l'histoire du jeune Jeff, innocent et ingénu, soudain précipité dans le petit monde de FAFA, aurait pu paraître sinistre. En me reposant uniquement sur ce que j'avais entendu jusque-là, je n'aurais eu aucun mal à accuser Jeff d'avoir traqué Francis Arsenault, et cette accusation aurait été parfaitement justifiée.

Je me lavai les mains et me présentai au comptoir. Le barman morose, avec ses cheveux blonds duveteux et sa grosse moustache presque pendante, semblait tout droit sorti de la fin des années 1970. Lorsque je commandai la vodka soda de Jeff et ma bière sans alcool, il parut se réveiller.

« C'est vous qui buvez les fausses bières », dit-il.

J'opinai du chef.

« Votre ami est un grand causeur.

— Ça c'est vrai.

— J'ai eu une ex comme ça. Elle n'était heureuse que lorsque ma tête était farcie de ses paroles. »

Je déposai deux dollars dans le bocal des pourboires et rejoignis notre table.

Jeff était blotti au fond de son fauteuil, coudes plantés dans les accoudoirs, la bouche posée sur ses mains entrelacées, comme en une prière, ou perdu dans ses pensées.

Dès qu'il me devina du coin de l'œil, il se redressa vivement, très animé, et tendit la main vers son verre.

Je m'assis, et il brandit sa boisson.

« Portons un toast, déclara-t-il. Aux heureux hasards.

— Comme celui qui a voulu que nous nous rencontrions aujourd'hui ? demandai-je.

— Évidemment.

— Ou voulais-tu parler du passé ? »

Il haussa les épaules. « Et pourquoi ne pas fêter les deux ? »

Nous bûmes une gorgée, et Jeff reprit son récit.

26

Marcus appela Jeff sur son poste.

« Fiona a besoin de ton aide sur un projet », dit-il.

Jeff n'avait aucune idée de qui était Fiona. Il monta l'escalier privé la gorge serrée. Il serait bientôt, songeait-il, tout près de Francis, avec peut-être enfin la possibilité d'avoir une conversation avec lui. Il s'imaginait tout balancer, dire à Francis qu'il lui avait sauvé la vie. Quelles en seraient les conséquences ? La perte de son boulot, une récompense ? Au sommet des marches se trouvait une petite salle d'attente, avec un canapé blanc et une table basse recouverte d'anciens catalogues d'exposition. Un couloir menait aux bureaux, et il s'aperçut alors que cet étage se trouvait au-dessus de la salle des livraisons et de la petite salle du fond, dont le plafond était plus bas qu'au rez-de-chaussée.

Au bout du couloir, la porte de Francis était ouverte. Andrea se tenait dans l'embrasure, et lui demandait une estimation personnelle de la fortune d'un certain collectionneur. Jeff arrivait tout juste à distinguer Francis, assis à son bureau.

Marcus passa la tête hors de la porte la plus proche et invita Jeff à le rejoindre. Il était assis en face d'une femme entre deux âges, cheveux roux et frange, les yeux enfoncés. De profil, elle avait un air masculin. Elle ne faisait pas du tout « monde de l'art ». À sa façon de s'habiller, on aurait pu croire qu'il s'agissait d'une conseillère d'éducation au lycée public.

« Voici Fiona, dit Marcus. Notre régisseuse. Elle en sait plus que quiconque sur ce qui se passe ici. D'où viennent les œuvres, où elles partent, pour combien. Elle sait dans quels placards se trouvent les squelettes, et qui les y a enfermés. »

Jeff sourit et lui serra la main.

« Vous revenez d'un congé ? » demanda-t-il.

Elle le regarda, perplexe. « Non, je n'ai jamais cessé d'être là », répondit-elle.

Il ne put que s'étonner du fait que, bien qu'il travaillât à la galerie depuis plus d'un mois, il ne l'avait encore jamais vue. Était-elle passée devant lui sans qu'il la remarque ? Ou bien était-elle arrivée tous les jours plus tôt que lui, pour s'en aller plus tard ? Et pourquoi n'avait-il jamais entendu son nom au milieu des ragots quotidiens sur les employés et les artistes de la galerie ? Son invisibilité déstabilisait Jeff, comme si sa non-participation aux escarmouches de la hiérarchie de FAFA était justement la preuve de son pouvoir absolu.

Elle expliqua qu'elle était en train de numériser les registres de la galerie, et que Marcus avait suggéré qu'on en fasse de même avec le Rolodex. Elle demanda à Jeff s'il savait se servir de Microsoft Excel. Il répondit par l'affirmative, alors qu'il ne s'en était jamais servi. Il était persuadé qu'il arriverait à se débrouiller.

On lui remit un ordinateur portable et le Rolodex.

« Tu peux faire ça à ton bureau », dit Marcus.

Jeff le laissa dans le bureau avec Fiona, jeta un coup d'œil à l'autre bout du couloir, en direction de celui de Francis. La porte était close.

Il passa le plus clair de cette journée à feuilleter le Rolodex, entrant noms, numéros de téléphone et adresses dans le fichier informatique. Certains noms étaient associés à des situations professionnelles (autres galeries, consultants en art, maisons de vente), mais sur la plupart des fiches ne figuraient qu'un nom et un numéro de téléphone. Jeff n'en connaissait aucun, à l'exception d'un acteur, çà et là. Steve Martin, par exemple. Rétrospectivement, il aurait été impossible de lire tous ces noms, les *taper*, une lettre après l'autre, sans que cela éveille en lui des associations d'idées, des indices sur leur profil, leur richesse, leurs goûts, leurs excentricités, leurs désirs, leurs doutes, leurs faiblesses...

Peu après le déjeuner, alors qu'il tapait une énième entrée, il entendit crier à l'étage. C'était Francis.

« Pourquoi ne pas t'en être occupé pendant que j'étais en voyage, bordel ? » fut la seule chose que Jeff comprit distinctement.

Puis Marcus qui s'excusait, se proposait de faire quelque chose, mais quoi, Jeff ne parvint pas à l'entendre.

« Je m'en occupe moi-même, merci bien », rétorqua Francis.

Il descendit les marches à petits pas feutrés et énergiques dans ses mocassins de cuir. Jeff afficha un sourire en regardant dans sa direction, s'attendant à ce qu'il le salue.

Ce ne fut que lorsque Francis se retrouva à moins d'un pas de lui que Jeff comprit qu'il venait chercher quelque chose sur son bureau.

« En quoi puis-je vous aider ? » demanda Jeff.

Francis s'interposa physiquement entre lui et le bureau, bloquant son champ visuel, sans un mot d'excuse, sans un « pardon », et saisit le Rolodex, comme si Jeff n'avait été qu'un meuble parmi d'autres. Puis il remonta les marches dans le bruit étouffé de ses semelles.

27

« Je pouvais sentir son odeur. L'arôme du café dans son haleine. Le savon avec lequel il s'était lavé, sa sueur, le tissu de sa veste. Il était *juste là.* » Jeff positionna sa main devant son visage. « J'aurais pu le mordre. Il était dans mon espace personnel. Tu connais cela, tu es auteur, cet espace entre tes yeux et ton écran, à moins d'un bras de distance. C'est notre biome, ou un truc du genre. C'est un prolongement de nous-même, pas d'un autre. Et il était là, en plein dedans, en train de le traverser, de violer mon espace rien qu'à moi, *sans le moindre mot.* Comme s'il en avait parfaitement le droit. Ou mieux encore, comme s'il n'existait pas d'espace rien qu'à moi. Comme si j'étais une chaise. Un objet. Et le même problème de toujours, ce vieux problème se présenta à moi sous un tout autre jour. Le pan de l'existence ! Je m'étais retrouvé aussi près de Francis qu'on pouvait l'être, et qu'est-ce que ça m'avait apporté ? Rien du tout. Qui était ce foutu Francis ? Comment pouvais-je le découvrir ? Était-ce quelqu'un d'héroïque, de louche ? Il n'est pas de saint parmi les hommes, pas vrai ? Je ne pensais pas avoir sauvé un saint, je ne m'attendais pas à ce qu'il le soit, chacun a ses défauts. Mais je tenais à ce que ce soit quelqu'un de bon, je voulais avoir l'impression d'avoir fait quelque chose de bien pour lui et pour tout son entourage. »

Jeff, assis au bord de son fauteuil, s'exprimait avec agitation, comme de nouveau plongé dans son propre récit. Je lui enviais la foi qu'il vouait au langage, à la mémoire. Il semblait n'exister pour lui aucune distance entre son récit et ce qui s'était passé. Il y était aussi engagé qu'un comédien sur scène, complètement pénétré par l'illusion pleine de vie qu'il créait pour son auditoire.

« Le problème dans le fait de travailler à FAFA, c'était que j'étais si bas dans l'échelle hiérarchique que j'en devenais quasiment invisible. J'avais obtenu la proximité physique que j'avais appelée de tous mes vœux, mais cela ne suffisait pas pour dépasser la distance sociale et institutionnelle.

« Je devais attirer l'attention du vieux. Ramener un nouveau collectionneur à la galerie, mettre au point un contrat. Tous ces stratagèmes qui ne cessaient de tourner dans ma petite tête, mais par où commencer ? Je n'en avais pas la moindre idée. Encore moins que zéro idée. Tout ce que j'étais en capacité de faire, c'était regarder, écouter, me rendre indispensable à la galerie et, donc, à Francis.

— Il y a tant d'autres choses que tu aurais pu faire.

— Le temps, je n'en manquais pas à l'époque. C'était même tout ce que j'avais. Et s'il s'avérait impossible de comprendre entièrement Francis, eh bien je m'en inquiéterais en temps voulu... Mais en réalité, on ne peut jamais vraiment connaître qui que ce soit ? »

Il remua ce qu'il restait de sa boisson (essentiellement des glaçons) avec son doigt.

« Je veux dire que tu aurais pu laisser tomber. »

Il secoua la tête. « Il faut bien que tu comprennes que c'était tout ce que j'avais dans ma vie, à cette époque.

— Tu as récupéré le Rolodex ? » demandai-je.

Il acquiesça : « Fiona l'a redescendu une demi-heure plus tard. "Ne fais pas attention à Francis", m'a-t-elle dit, comme si elle parlait d'un enfant de sept ans qui avait fait des siennes.

« J'ai continué à saisir noms, adresses et numéros, en m'efforçant d'éviter les erreurs. Pour me distraire de cette corvée, je m'interrogeais sur ces noms que je recopiais. Certains suscitaient plus ma curiosité que d'autres. Avec ceux-là, j'avais l'impression de pouvoir extraire une personne à part entière de ces quelques lettres. Ils allumaient en moi des visions de richesse et d'excès, de pouvoir institutionnel, de flagorneries, et même des visions charnelles, comme si un nom en soi pouvait être un indicateur de baisabilité.

« Je ne me souviens plus d'un seul de ces noms à présent, bien évidemment, mais au fil des ans j'ai eu la chance de rencontrer un bon nombre de celles et ceux qui les portaient, ces noms pour lesquels je m'étais imaginé des âges, des apparences, des existences... Et sais-tu quelle corrélation je trouvais entre ce qu'étaient véritablement ces personnes et ce que je m'étais imaginé à leur propos, en me reposant uniquement sur leurs noms ? »

Je haussai les épaules.

Il fit un zéro avec ses doigts.

« Vraiment, je ne savais absolument rien de rien.

— Ce n'est pas la première fois que tu le dis. »

28

Quelque temps plus tard, Jeff se rendit à un vernissage à la galerie PaceWildenstein, à l'autre bout de Beverly Hills. Il eut du mal à la trouver, car il arriva par le côté Wilshire Boulevard du bâtiment, occupé par un magasin Niketown. Il y entra, demanda au type à la caisse s'il savait où se trouvait la galerie PaceWildenstein, et le type haussa les épaules. Cependant quelqu'un d'autre entendit sa question, une cliente, qui lui dit de contourner le bâtiment. Suivant son conseil, il tomba sur une allée en brique pleine de voituriers et de diverses personnes du monde de l'art qui commençaient à entrer. La chose lui parut singulière, un bâtiment divisé entre d'une part un Niketown et de l'autre une galerie, deux lieux assez gigantesques pour englober l'ensemble de l'édifice, comme si Niketown et PaceWildenstein occupaient le même espace, mais qu'on ne pouvait connaître que l'un des deux à la fois, en fonction de notre position dans l'espace.

Le vernissage ressemblait à celui qui avait eu lieu à FAFA, mais en plus grand et avec du meilleur vin. L'artiste était Agnes Martin. Elle se trouvait au milieu de la salle, vêtue d'un boubou en fibre naturelle, et ses cheveux gris et courts semblaient suggérer qu'elle se les était coupés elle-même. Les invités l'abordaient avec déférence, à cause de son âge, croyait Jeff. Son œuvre, des tableaux carrés recouverts de lignes horizontales bleu et rose layette, n'eut aucun effet sur lui. Il se demanda si le temps lui avait manqué pour finaliser ses peintures avant le vernissage.

Il reconnut quelques visages, des personnes présentes au vernissage de FAFA, dont un bon nombre devait sûrement figurer dans le Rolodex de Francis, mais, n'en connaissant aucune, il tâcha de trouver à s'occuper en attendant l'arrivée de Marcus et d'Andrea. Il prit un verre de vin et, faute de mieux, fit le tour de la salle en observant les tableaux. De près, l'attention portée aux détails était plus flagrante, mais il ne parvenait pas à comprendre pourquoi l'artiste les avait peints, ni pourquoi ils suscitaient un tel intérêt chez les gens. Plus encore que ce qui était exposé à FAFA, ces œuvres suscitaient en lui perplexité et agacement.

Il en était à son deuxième verre lorsqu'il s'avisa de la présence d'une jeune femme à côté de lui, en train de regarder la même peinture. Du coin de l'œil, il la surprit lui jeter un rapide regard. Il s'éclaircit la gorge et lui demanda ce qu'elle en pensait. Elle lui demanda ce que lui en pensait. Il lui répondit qu'il le lui avait demandé en premier. Elle lui dit qu'elle s'appelait Chloe. Il se présenta. Elle lui demanda s'il avait assisté au dernier vernissage de FAFA. Il répondit que oui. Elle lui dit qu'il lui semblait bien l'avoir déjà vu.

Elle était en dernière année à l'université privée USC, avec pour matières principales les beaux-arts et l'histoire de l'art. Elle était venue à ce vernissage parce que cela l'« intéressait », pour reprendre ses mots. Tandis qu'ils parlaient, il essayait de la cerner. Elle n'était pas habillée comme une étudiante, en tout cas pas comme celles qu'il avait connues à Ucla. Elle portait une robe de créateur très simple, noire et longue, avec des bretelles fines. Son maquillage restait discret, mais elle avait passé un certain temps face à son miroir. Ses cheveux étaient d'un blond cendré, avec une coupe à la mode à l'époque.

Elle paraissait s'intéresser à lui, et en même temps semblait distraite par quelque chose derrière lui, comme si elle essayait de faire deux choses à la fois. Il avait horreur qu'on lui parle tout en regardant ailleurs, comme à la recherche de quelqu'un de plus passionnant ou de plus important. Il regarda par-dessus son épaule, afin de voir ce qui retenait à ce point son attention, mais il ne parvint pas à déterminer ce dont il retournait. Peut-être souhaitait-elle éviter quelqu'un, songea-t-il, en se servant de lui comme d'un bouclier humain.

Elle le prit alors par la main et lui demanda de la suivre. Avant qu'il ait le temps de répondre, ils se retrouvèrent face à Agnes Martin, flanquée des gens de la galerie. Chloe avança pour échanger une poignée de main avec Agnes, la félicita pour l'exposition. Son assurance était étrange. Jeff n'arrivait pas à se l'expliquer : elle ne semblait pas connaître personnellement Agnes Martin, et rien chez Agnes Martin ne révélait qu'elle connaissait Chloe. Pourtant cette dernière n'avait pas hésité une seconde à s'approcher pour congratuler l'artiste.

Chloe fit un pas de côté et désigna Jeff.

« Et voici Jeff, dit-elle, Cook. Jeff Cook », comme si elle lui présentait quelqu'un d'important.

Agnes Martin posa son regard sur Jeff. Son visage était ridé et sa bouche pincée, ses sourcils légèrement haussés. Du point de vue de Jeff, son expression reflétait soit le doute, soit l'inquiétude, comme si cela lui peinait de faire sa connaissance. Il tendit la main en disant que c'était un plaisir de la rencontrer. Elle la lui serra, et posa son autre main sur le dos de la sienne. Elle le regardait droit dans les yeux comme pour essayer de lire dans ses pensées. Il ne s'était absolument pas attendu à une telle intensité, et sourit malgré lui. Elle battit plusieurs fois des paupières, dit quelque chose du genre « Moi de même », ou « Pareillement », ou « Le plaisir est réciproque », et finit par lâcher sa main en détournant le regard.

29

« J'ignorais alors complètement qui elle était, dit Jeff. Je ne savais absolument rien de son credo d'artiste, de sa vie d'ermite, de son statut dans le monde de l'art. Tout ce que je connaissais d'elle, c'était ce que j'avais sous les yeux, à savoir une femme âgée qui peignait en bleu et en rose. J'avais eu l'impression qu'elle avait fait un petit AVC en me serrant la main.

« Ce n'est que plus tard, après avoir appris deux ou trois choses, après avoir développé un goût pour son œuvre égalant (et même dépassant) sa renommée, après avoir passé beaucoup de temps à la lire, que je me remémorai cette rencontre et éprouvai ce que je ressens encore aujourd'hui.

— À savoir ?... »

Il se pencha en avant, et baissa la voix.

« Elle savait.

— Que savait-elle ?

— Des choses que je n'aurais pas même pu m'imaginer alors. Elle a serré ma main dans les siennes et m'a regardé droit dans les yeux comme si on lui présentait le dalaï-lama. Elle a vu quelque chose en moi. Elle a vu en moi un compagnon de route, destiné à une vie hors du commun.

— Tu crois vraiment cela ? » demandai-je.

Il haussa les épaules. « Parfois. »

30

Après le vernissage, Chloe et lui allèrent au restaurant Kate Mantilini. Ils prirent une table avec vue sur Wilshire Boulevard. Ils mangèrent, burent et parlèrent, observant une pause lorsqu'un camion de pompiers ou une ambulance passait. Chloe se signait systématiquement, en soulignant bien qu'elle n'était pas croyante : c'était une habitude qu'elle avait gardée de ses années en école catholique.

Ils se rendirent ensuite chez lui, dans la maison de l'acteur. Elle le complimenta aussitôt à l'intérieur, jetant sa veste sur le dossier d'un siège comme si elle était chez elle, et il lui dit qu'il ne faisait que garder la maison. Elle parcourut la pièce du regard, admirant les antiquités et objets rares que l'acteur avait rapportés de ses voyages aux quatre coins du monde. Pour le compte d'un ami parti à Vancouver, poursuivit Jeff, qui normalement se charge de surveiller cette maison. Il expliqua qu'elle appartenait à un acteur qui avait de nombreuses résidences secondaires, et était actuellement en tournage quelque part, à La Nouvelle-Orléans, à Londres ou ailleurs. Elle s'approcha d'une série de photos accrochées au mur, dans le couloir.

« Ne me dis pas que c'est sa maison *à lui* », souffla-t-elle, avant de prononcer le nom de l'acteur.

31

« Il faut absolument que tu me dises qui était cet acteur, fis-je.

— J'ai promis à Dylan de ne jamais le révéler à personne.

— Ça remonte à des années.

— D'accord. Brad Pitt.

— Merde alors, dis-je. C'est dingue.

— C'est exactement ce qu'elle a dit. »

32

« Merde alors, dit Chloe. C'est dingue.

— Si on veut, répondit Jeff.

— Laisse-moi un peu visiter. Dis donc, ce kilim est vraiment incroyable. Et où est-ce qu'on trouve des lampes pareilles ? »

Chloe ignorait (comment s'en serait-elle doutée ?) qu'elle foulait aux pieds les histoires que G et Jeff avaient concoctées autour de ces objets, ce monde imaginaire qu'ils avaient créé, rien que tous les deux, rien que pour eux, un monde dans lequel cette maison leur appartenait : leurs souvenirs communs avaient été plantés, les racines avaient poussé dans la terre, et ils étaient à présent adultes, de vrais adultes, qui discutaient des prénoms de leur future progéniture. Chloe, par sa seule présence, mais aussi par son regard, était en train de réduire tout cela en charpie.

Et il la laissait faire bien volontiers.

Jeff lui fit faire le tour du propriétaire, et elle n'arrivait pas à cacher son enthousiasme à l'idée qu'il s'agissait de la maison de Brad Pitt, que toutes ces choses lui appartenaient, et tout en passant de pièce en pièce, elle devait assurément l'imaginer vivre ici, passant lui aussi de pièce en pièce, répétant ses textes ou sniffant des rails ou faisant ce que les acteurs font de leurs jours et de leurs nuits. Jeff et elle traversaient la maison, contemplant les mêmes objets et les mêmes lieux, et chacun voyait quelque chose de complètement différent dans cette maison qui n'était pas la leur, chacun parcourait à la fois ce bâtiment bien réel, avec son mobilier et sa décoration bien réels, et une seconde maison qui n'existait que dans leur esprit, l'image d'une maison, l'image qui fait d'une maison un foyer, et en vérité il était impossible de voir cette maison telle qu'elle était, il leur était impossible de voir la même maison, impossibilité exacerbée par leurs charges émotionnelles respectives, l'excitation à l'idée de se retrouver chez Brad Pitt pour elle, et pour lui une forme négative de nostalgie, le souvenir douloureux d'une autre période de sa vie, qui se résumait à la création par G et lui-même, la cocréation consciente et fictionnelle de ce que cette maison pourrait signifier à leurs yeux, comme d'un commun accord, afin que, lorsqu'ils l'occupaient, ils puissent enfin voir la même chose, ou tout du moins que leurs visions de ce lieu soient aussi proches que pouvaient l'être les points de vue distincts de deux consciences individuelles.

À l'étage, dans la chambre principale, Chloe poussa des « oh » et des « ah » face au jacuzzi et au hammam. Elle passait rapidement d'un détail au suivant, avec une énergie dont elle n'avait fait preuve ni à la galerie ni au restaurant. Au fond de lui, Jeff sentit G, ou son souvenir de G, essayer de s'accrocher au moindre recoin de la maison, tandis qu'il démêlait les parcours synaptiques qui ne correspondaient plus à la réalité présente. Il suivit Chloe en direction du dressing, où il s'attendait à entendre d'autres « oh » et d'autres « ah » (c'était un dressing titanesque, avec un îlot au milieu, un plateau en verre avec des tiroirs à cravates et à bijoux), mais elle demeura silencieuse. À peine entrée dans le dressing, elle hésita un instant. Jeff crut qu'elle était si impressionnée que les mots lui manquaient. Il était juste derrière elle. Elle se retourna comme si elle avait décidé qu'elle en avait assez vu, ou comme s'il lui était impossible d'en voir plus, comme si le dressing avait fini par la lasser ou l'avait définitivement accablée. Ce furent là les premières impressions de Jeff lorsqu'il la vit s'arrêter et se retourner aussitôt, sans même lui laisser le temps de s'écarter pour la laisser passer. Ils se retrouvèrent face à face, ou presque : il était légèrement plus grand qu'elle. Avant qu'il puisse lui-même se retourner ou faire un pas de côté, elle lui saisit le poignet, releva le menton et l'embrassa sur les lèvres, pas un simple bisou, mais un baiser langoureux, ses lèvres écartant les siennes, jusqu'à ce que ce baiser se transforme en un baiser passionné, une main toujours autour du poignet de Jeff, l'autre sur sa nuque, pour s'assurer, semblait-il, qu'il ne cesserait de l'embrasser que lorsqu'elle en aurait fini. Elle posa ses mains de part et d'autre de sa tête et se recula, plantant son regard dans le sien.

« J'en avais marre d'attendre », dit-elle.

Son énergie avait de nouveau changé. Elle l'avait embrassé, et il avait répondu à son baiser. Elle paraissait s'être débarrassée de l'excitation et de la nervosité avec lesquelles elle était entrée dans cette maison, ces sautillements d'un objet de Brad Pitt au suivant, le fétichisme avec lequel elle avait paru dévorer toute la maison des yeux. À présent, ils étaient sur la même longueur d'onde. Lorsqu'ils s'embrassèrent une deuxième fois, toutes les dissonances cognitives et tous les souvenirs de G s'effacèrent, et Jeff n'aspirait plus qu'à une chose : Chloe.

33

« Le lendemain matin, je l'ai reconduite à sa voiture, qui était restée dans le parking PaceWildenstein/Niketown. Le tarif de nuit était prohibitif, je lui ai demandé si je pouvais en payer la moitié, mais elle s'en moquait complètement. Elle avait une jolie petite BMW, un modèle récent. Je me rappelle m'être dit, l'université USC, la BMW, dans quoi est-ce que je suis en train de m'embarquer ? Mais elle ne semblait pas choquée par ma vieille Volvo, et c'était pour moi un signe assez sûr qu'elle ne voyait aucun inconvénient à s'abaisser à ma condition sociale. Ce n'est qu'au moment de nous dire au revoir que nous nous sommes rendu compte que nous n'avions aucun moyen de nous joindre, et nous avons alors échangé nos numéros de téléphone.

— C'est généralement ce qui se fait, remarquai-je.

— Et donc j'écris son numéro, je lui demande son nom de famille, et elle me demande si je connais beaucoup de Chloe. Je lui réponds qu'elle est la seule. Elle réplique que, dans ce cas, je n'ai pas besoin de connaître son nom de famille. Elle était tout sourire en me disant ça, tu sais, aguicheuse, et j'ai su que c'était pour dissimuler une certaine réticence. Je lui lance un “C’est Chloe Mussolini, c’est ça ? Chloe Manson ?” pour rigoler, je me paie gentiment sa tête à cause de son refus de me révéler son nom, mais intérieurement, je brûle de curiosité, principalement parce que j’ai l’impression qu’elle ne joue pas le jeu. Elle prend alors un air réellement soucieux, et toute trace de Chloe l’aguicheuse se volatilise. Très franchement, j’étais incapable de me figurer pourquoi. “Ça ne peut quand même pas être aussi grave que ça ?” je lui dis, et elle me répond : “Tu vas me détester.”

— La détester ?

— C’est ce qu’elle a dit.

— Qu’est-ce qui aurait pu te pousser à la détester ?

— Eh bien il s’avère que son nom de famille était... Arsenault.

— Sérieusement ? »

Jeff opina. « Elle savait que je travaillais pour son père. Elle m’avait vu pour la première fois au vernissage de FAFA. Elle m’avait trouvé séduisant, mais elle n’avait pas voulu m’aborder alors que je travaillais. Elle avait simplement remarqué ma présence. Et puis lorsqu’elle m’avait aperçu à PaceWildenstein, elle avait eu l’impression qu’on lui donnait une seconde chance, et elle n’entendait pas la laisser passer. C’est là qu’elle s’est matérialisée à côté de moi pour contempler un tableau d’Agnes Martin. Elle tenait d’abord à s’assurer que un, je n’étais pas gay, et que deux, j’étais en mesure de tenir une vraie conversation : ces conditions réunies, se disait-elle, elle m’aurait révélé, en toute transparence, qui elle était. Mais le moment opportun avait semblé lui échapper sans cesse. Elle craignait que ça fausse notre relation, et elle s’amusait trop pour briser la magie de l’instant. Elle m’a alors accompagné chez moi, nous avons fini au lit, et elle s'est dit qu'elle avait tout gâché en gardant son secret pour elle, en fait, elle était même à deux doigts de me réveiller pour me l'avouer, et s'est finalement ravisée, une fois de plus.

« Elle m'avait donc caché quelque chose depuis le début. Mais dès qu'elle m'a révélé son secret, j'ai senti mon propre fardeau peser sur mes épaules. Comme si c'était elle qui l'y avait posé. Je sentais bien que sa conscience était à présent légère. Elle m'avait caché son secret durant une seule nuit. Combien de temps lui cacherais-je le mien ? Jusqu'à mon dernier souffle ?

« Elle comprit à mon expression que j'étais déstabilisé. Elle ne s'imaginait pas à quel point. Je devais faire un effort conscient pour me rappeler que, pour elle, ce n'était qu'une situation délicate, susceptible de me valoir mon poste. Elle vit que j'étais chamboulé, elle était très intuitive, et elle eut peur d'avoir tout fichu en l'air. Elle me dit qu'elle avait tout de suite compris combien ce boulot était important pour moi. Et à quel point je craignais son père – tout le monde le redoutait. J'étais loin d'être le seul dans ce cas. Elle m'assura qu'elle garderait notre relation secrète, qu'elle ne m'exposerait pas, que le fait qu'elle sorte avec moi n'avait rien à voir avec le fait que je travaillais à FAFA. Que même si on se séparait, elle ne me balancerait pas.

— Tu craignais son père ? demandai-je.

— Nous reviendrons là-dessus. Je l'écoutais me rassurer et contemplais son visage. J'avais cru que cette histoire avec Chloe pourrait être un nouveau chapitre de ma vie, tu vois, quelque chose qui m'arracherait à tout le reste, la perte de G, ce qui était arrivé sur la plage, tout ce qui tournait autour de Francis. J'avais rêvé de m'en sortir en me remplissant la tête et le cœur de toute autre chose. M'étais-je fait cette réflexion au milieu de la nuit, avec Chloe à côté de moi ? C'est en tout cas le souvenir que j'en garde. Et je découvrais soudain que ce que j'avais considéré comme une potentielle issue de secours me ramenait, sans calcul ni préméditation pour autant, tout droit à Francis. »

Il remettait ça : sans calcul ni préméditation.

« Je ne me suis pas défaussé. J'avais les meilleures raisons de le faire, et rien qui m'en empêche, j'aurais pu lui fournir la première excuse possible, lui dire que je ne pouvais me permettre de risquer mon job en sortant avec elle, mais le truc, c'est qu'elle me plaisait. Vraiment. Je ne voulais pas que ce soit une simple aventure d'un soir. Ce n'était pas mon genre. »

Il secoua la tête, comme ébahi par les péripéties de sa propre histoire.

« Tu as continué de la voir ? »

Il acquiesça lentement.

« Notre relation s'est épanouie sous un nuage de paranoïa. Nous préférions nous faire livrer à domicile plutôt que dîner dehors. Les fois où nous sortions nous évitions tout lieu où nous étions susceptibles de tomber sur quelqu'un que nous connaissions. Cela peut sembler excessif, mais c'était également amusant, c'était l'un des jeux auxquels nous jouions ensemble. Toute relation a besoin de jeux : sans cet aspect ludique, le désespoir prend toute la place, avec la peur de se retrouver seul. J'adorais le fait que nous avions un jeu à nous, connu de nous seuls. Parfois, nous louions des films, mais le plus souvent, nous discutions. Comme je travaillais à plein temps et qu'elle avait encore des horaires d'étudiante, nous finissions presque toujours chez moi, dans la maison de Brad Pitt. En outre, elle avait une colocataire, une jeune femme que j'aperçus une ou deux fois, très studieuse, toujours enfermée dans sa chambre. Une nuit, alors que nous regardions un film dans son salon, Chloe insista pour que nous fassions l'amour sur le canapé. Je me pliai à sa volonté, mais je ne pouvais m'empêcher de penser à sa colocataire, prisonnière dans sa chambre. Je demandai à Chloe si sa coloc était là, et elle me répondit que, si c'était le cas, elle ne sortirait pas avant un certain temps. Sa réponse me frappa, tu sais : ça me paraissait très indélicat. Mais il faut croire qu'à certains égards elle tenait bien de son père. Après cette nuit, je m'arrangeai pour ne plus atterrir chez elle.

« Chloe était le genre de personne qui se lance à la poursuite de ce qu'elles convoitent sans la moindre hésitation, sans évaluer une seconde les potentiels obstacles. Parce que ce n'était pas quelque chose qui me venait naturellement, j'interprétai cela comme un signe de maturité, et non comme ce dont il s'agissait en réalité, le résultat d'une vie entière passée à considérer que tout lui était dû.

— Une enfant gâtée. »

Il éclata de rire. « Elle n'avait pas l'habitude qu'on lui dise non, je dirais ça comme ça. Elle se comportait en toute circonstance comme si ce mot ne lui était pas destiné.

— Elle n'avait jamais connu de coups durs.

— On l'en avait protégée.

— Ses parents ?

— Francis, plus que sa mère. Elle adorait son père, elle me l'assurait, mais il y avait là une grande ambivalence. Elle reconnaissait en lui le franc-tireur qu'il était dans son domaine, le père pourvoyeur, le papa qui lui avait toujours donné tout ce qu'elle voulait, qui l'avait emmenée en voyage, etc. Mais en quittant le nid familial, elle s'était mise à remarquer certaines choses auxquelles elle n'avait jamais fait attention à l'époque où elle vivait avec ses parents. Et son attitude envers elle avait changé. Il insistait pour qu'elle rentre dîner à la maison tous les dimanches soir, même lorsqu'il n'était pas à Los Angeles. Il ne cessait d'augmenter et de diminuer son argent de poche. Il menaça un jour de ne plus payer ses frais de scolarité, à la suite d'un désaccord mineur. Il l'aimait, elle le savait, mais son départ du foyer l'avait rendu plus despotique.

« Lorsqu'il ne pouvait passer ses nerfs sur elle, il se rabattait sur sa mère, une artiste extrêmement talentueuse dont la carrière avait été sabordée, selon Chloe, par les exigences de la maternité et l'emprise de Francis, qui, bien qu'il clamât haut et fort son soutien inconditionnel à l'œuvre de sa femme, la sapait continuellement, d'une façon ou d'une autre.

« Tout avait commencé dès les premiers jours de leur relation. Francis, qui admirait déjà le travail d'Alison, avait participé à une visite de son atelier. Il était immédiatement tombé amoureux d'elle, et elle avait été attirée par son énergie, ce qu'elle interprétait comme un sens profond de la fête, et qui à mon sens était plutôt le besoin profond d'être constamment stimulé. Lorsqu'elle découvrit qu'il voulait à la fois sortir avec elle et exposer ses œuvres, elle eut l'impression d'avoir déniché deux trésors d'un coup. Elle n'aurait pu s'imaginer à l'époque que l'un finirait par effacer l'autre, que certains l'accuseraient d'avoir couché pour gravir les échelons (alors qu'elle est toujours restée au bas de l'échelle), que sa beauté serait un handicap, que personne en voyant ses œuvres ne pourrait s'empêcher de penser à elle autrement que comme *la petite amie de*, puis comme *l'épouse de*. Elle remporta quelques succès, vendit des œuvres à des collectionneurs, mais elle ne mit pas longtemps à comprendre que tout cela découlait du fait qu'elle était en couple avec Francis. Les gens ne voyaient pas ses œuvres, même lorsqu'elles se trouvaient sous leur nez. Tout ce qu'ils voyaient, c'était une façon de s'attirer les bonnes grâces du marchand d'art.

« Un jour, Chloe était déjà grande, Alison exposa une série d'œuvres dans une autre galerie, sous pseudonyme. Bien entendu, le galeriste savait qui elle était, il lui faisait une faveur, et Francis était au courant, mais à part eux, personne ne le savait. Les œuvres ne se vendirent pas bien. Il n'y avait pas de corpus préexistant, aucune persona d'artiste à laquelle on pouvait rattacher ces tableaux. Ils étaient franchement bons, mais leur *valeur intrinsèque* ne suffisait pas à les hisser au-dessus du tout-venant pléthorique de la production artistique.

— Le marché n'est pas le seul indicateur de qualité artistique.

— Les mauvaises ventes ne sont qu'un aspect de l'échec : l'expo ne fit pas parler d'elle. Zéro article. Zéro impact. L'idée qu'elle avait eue, selon laquelle ses œuvres pouvaient être présentées au monde purifiées de tout lien avec ses précédents travaux, était tout bonnement naïve, et elle aurait dû le comprendre, pourtant elle vit dans cet échec la confirmation que tout le monde avait raison depuis le début, qu'elle n'avait jamais été au-dessus du lot, qu'elle n'était qu'une artiste moyenne qui, tout à fait fortuitement, avait un joli minois et un mari puissant.

— Mais en définitive, combien d'œuvres survivraient à un test similaire ? demandai-je. Je veux parler d'œuvres signées par des artistes contemporains parmi les plus reconnus.

— Quasiment aucune. Alison refusait de voir la vérité en face, en tout cas dans la mesure où celle-ci s'appliquait à son travail, mais Chloe comprenait parfaitement tout cela. Elle avait une compréhension innée du monde dans lequel évoluait son père. Elle tâcha de convaincre sa mère que ce pari était intenable, que ses œuvres étaient superbes, qu'elle devait ignorer les inconvénients liés à son statut d'épouse de Francis et profiter pleinement des avantages. Mais sa mère refusait de se ranger à son avis. L'échec de cette expo sous pseudonyme était à ses yeux un verdict sans appel. Ce qui, paradoxalement, pourrait être considéré comme une preuve qu'elle était une véritable artiste. Les artistes, les bons, les vrais, prennent toujours les critiques au sérieux, personnellement même, et rejettent les louanges. Si l'œuvre est nulle, c'est leur faute. Si elle est sublime, tout le mérite en revient aux dieux.

« Elle se reconvertit dans le design. Fonda une entreprise qui prospéra (son statut d'épouse de Francis s'avéra indubitablement utile dans ce nouveau domaine). Elle se prétendait heureuse, mais Chloe était d'un tout autre avis. On ne cesse jamais d'être une artiste. Elle avait tout bonnement renoncé à ses rêves. Quelque chose que Chloe se promit de ne jamais faire. Je la croyais quand elle me disait ça. Elle était très convaincante, tu sais. Pour ma part je n'avais pas de rêves personnels, mis à part ce désir abstrait d'aller de l'avant, tu vois, de ne plus habiter dans un taudis à Santa Cruz avec ma mère. Je n'avais aucun grand rêve à perdre. J'ai toujours été un type assez lambda. Je crois que ce que je possédais en revanche, ce qui faisait ma fierté, c'était mon intégrité.

— Le type qui rapporte la couverture.

— Bien sûr, et aussi le type qui croit qu'il n'y a pas que l'argent dans la vie.

— C'était nous tout crachés à l'époque. »

34

Un matin où Jeff travaillait à la galerie, assis au bureau de l'accueil, étiquetant des adresses sur le recto d'invitations, Marcus apparut soudain à côté de lui, la mine sérieuse.

« Il veut te voir. »

Le regard et le menton de Marcus pointaient vers le haut, comme s'il parlait de Dieu en personne.

« Je m'occuperai de l'accueil », dit-il. Puis, avec dans le ton ce qui semblait une forme de gentillesse, il souhaita bonne chance à Jeff.

Jeff avait gardé les yeux et les oreilles grands ouverts, à l'affût des moindres faits et gestes de Francis. La plupart du temps, cette veille consistait à le voir arriver et repartir, l'entendre crier à l'étage, et à l'occasion, l'observer en train de présenter la galerie à un collectionneur. En d'autres termes, rien n'avait changé, et Francis et lui demeuraient l'un pour l'autre de parfaits inconnus.

Sa source principale d'informations relatives à Francis était Chloe. Par son entremise, il commençait à se faire une image plus précise de l'homme qu'il avait sauvé. À certains égards, c'était sans doute une image encore plus nette que celle que Francis se faisait de lui-même.

Le problème était que Chloe ne décrivait presque jamais le même Francis. Un jour, c'était un monstre manipulateur et dominateur qui aimait écraser celles et ceux qui l'entouraient. Un autre, c'était un roi bienveillant, aimant, pourvoyeur d'aide spirituelle aussi bien que matérielle. Jeff lui posait des questions insidieuses telles que « Est-ce qu'il a toujours été comme ça ? », afin de déterminer dans quelle mesure la noyade l'avait affecté. Un jour, elle mentionna une crise récente : à la suite d'une blessure au cours d'une partie de squash – on lui avait servi la même version qu'à tous les membres de la galerie... à moins qu'elle sût la vérité et préférât la taire – il s'était acheté une Porsche.

« Quel cliché, non ? » lança-t-elle, incrédule. L'inimitable Francis Arsenault qui agissait comme n'importe quel riche quinquagénaire. Comme une *personne normale*.

À présent Jeff devait monter l'escalier et affronter seul cet homme. Il était incapable d'imaginer les raisons possibles de cette convocation. Francis et lui ne s'étaient encore jamais parlé. Jeff gravit lentement et précautionneusement les marches, l'une après l'autre, une main sur la rampe afin de se prémunir contre le léger vertige qui commençait à le saisir. C'était pourtant bien pour ça qu'il avait signé, non ? Seulement à présent, ce qui était en train d'arriver avec Chloe compliquait passablement les choses.

Il traversa le couloir jusqu'à la porte du fond. Celle-ci était ouverte. Francis était calé au fond de son fauteuil, les pieds sur le bureau, téléphone collé à l'oreille. Il fit signe à Jeff d'entrer et de s'asseoir. Derrière lui était accroché un grand tableau, une toile carrée, sombre, avec en son centre un grand cercle à la feuille d'or. Et telle une ombre projetée sur la peinture, le contour noir d'une tête et d'un cou, à l'intérieur du cercle. En considérant l'œuvre, Jeff crut la reconnaître, puis il se souvint. Il l'avait vue dans l'un des articles qu'il avait dégotés à Ucla. La photo étant en noir et blanc, il ne s'était pas imaginé un seul instant que le cercle était en or. De plus, Francis y figurait assis, le dos bien droit, sa tête occupant l'intérieur du cercle, ce qui lui donnait un air de Jésus, comme dans les tableaux anciens. Dans sa position actuelle, il ne cachait plus du tout le tableau : le vide n'était pas rempli, et l'ombre suggérait une absence.

Francis aboyait dans le combiné. « Certains achètent avec leurs yeux, d'autres avec leurs oreilles. Ce mec achète avec ses oreilles. Et c'est un cul-de-sac humain, un gouffre sans fond. Ce truc va finir dans son appartement de l'Upper West Side et les seules créatures à le voir seront sa bonne, son chien et sa future ex-femme. Avec de la chance. Le nombre de conneries qu'il stocke. Donner un bon tableau à ce type, ça revient à le balancer par la fenêtre. Non, non, bien sûr, ils sont tous bons. Mais certains le sont moins que d'autres. Vends-lui un de ceux-là. Les oreilles. » Et sur ce, il raccrocha.

Il dévisagea Jeff. La paupière toujours à moitié close. Son regard. Son œil. Un frisson remonta le long de la moelle épinière de Jeff. Il n'osait pas prendre la parole en premier.

« Vous n'êtes pas un imbécile, déclara Francis.

— Non, monsieur, répondit Jeff.

— Je croyais que c'était pourtant le cas, poursuivit Francis, avec cet air de chiot perdu que vous affichez constamment. Le énième joli garçon qu'on met devant la boutique pour ne pas nous faire accuser de n'y mettre que des jolies filles.

— Non, monsieur, répéta Jeff, terriblement conscient qu'il affichait justement cette expression de chiot perdu.

— Ces colonnes supplémentaires, dit Francis en faisant pivoter son ordinateur portable en direction de Jeff. C'est vous qui avez fait ça ? »

Jeff consulta l'écran. C'était la base de données qu'il avait créée à partir du Rolodex. En recopiant les informations, il était tombé sur tout un tas de précisions complémentaires, d'éléments griffonnés, de codes. De commentaires marginaux. Soucieux de ne perdre aucune donnée dans la conversion numérique, il avait aménagé quelques nouvelles colonnes afin d'accueillir ces informations : Alpha-Num (les codes alphanumériques), Artistes (pour les fiches où l'on avait écrit des noms d'artistes à côté du nom principal) et Notes (pour tout le reste).

« Oui, monsieur, répondit Jeff. Je voulais m'assurer que toutes les informations figureraient dans la base de données. »

Francis refit pivoter l'ordinateur. Il sortit d'un tiroir de son bureau une paire de lunettes de lecture qu'il chaussa, la coinçant au bout de son nez. Il se saisit alors d'un stylo dont il se mit à mâchonner l'extrémité.

« Ces notes, ces codes, reprit-il, sont bien plus importants que les numéros de téléphone et les adresses. N'importe qui est capable de retrouver un foutu numéro de téléphone. Ces informations complémentaires, ce sont les choses les plus importantes qui soient, le fruit d'années de labeur. Et vous avez eu la présence d'esprit de les faire figurer dans la base de données. Très malin. Parce que ces informations n'existent que dans ce fichier, et là-dedans. » De son stylo, il se tapota la tempe. « Et il est impossible de recopier ce qui se trouve ici. Ça y restera enfermé jusqu'à la fin des temps. »

Jeff se sentit obligé de rectifier : « De votre temps.
— De mon quoi ?
— De votre temps sur terre. »

Francis le regarda d'un air étrange, comme s'il le reconnaissait pour la première fois. Jeff se demanda s'il se souvenait de leur rencontre à l'hôtel, devant les ascenseurs. Il ne pouvait tout de même pas se souvenir de ce qui était arrivé sur la plage ?

« Parlez-moi de vous », dit Francis.

Jeff lui donna quelques détails autobiographiques. Santa Cruz, mère célibataire, Ucla, job dans une start-up.

« Jeune et ambitieux, commenta Francis, nostalgique.
— Je n'irais pas jusque...
— Le truc, quand on a un petit futé dans son équipe, c'est qu'il représente un sérieux atout pour la boîte, jusqu'au moment où il ne l'est plus. Et lorsque le petit futé n'est plus un atout, c'est qu'il est en train de vous enfoncer un poignard dans le dos.
— Je peux vous assurer que ce n'est absolument pas mon intention, se défendit Jeff.
— Laissez-vous un peu le temps. Et d'ici là, gardez les yeux et les oreilles bien ouverts. Il se pourrait que j'aie d'autres tâches à vous confier. Si vous arrivez à vous débarrasser de cette fichue expression. »

Et ce fut là la fin de l'entrevue. Jeff remercia Francis et se dirigea vers la porte. Marcus devait s'impatienter. Il détestait s'occuper de l'accueil.

« Une dernière chose », lança Francis.

Jeff se retourna.

« Si tu lui brises le cœur, je t'anéantis. »

35

« Il était au courant ? demandai-je. Comment savait-il ?

— À ce jour, je l'ignore encore. Quelqu'un a dû nous voir, ou m'entendre lui parler au téléphone, ou tomber sur l'un des e-mails que nous nous échangions. Et je ne savais pas encore comment les informations circulaient dans ce milieu, un milieu qui se fondait sur le fait de savoir des choses que les autres ignoraient. La personne qui avait renseigné Francis avait sans le moindre doute été récompensée.

— Mais comment Francis savait-il que cette information était juste ?

— Il l'avait d'abord vérifiée auprès de Chloe.

— Et elle ne t'avait pas prévenu ?

— Il lui avait dit que, si elle le faisait, il me virerait sur-le-champ. Elle m'a expliqué tout cela ensuite. Il voulait me cueillir par surprise.

— C'était vraiment tordu de sa part, dis-je, de la mettre dans une telle position.

— Je commençais à apprendre que c'était là du Francis tout craché.

— Pourtant cette confrontation s'accompagnait aussi

d'une approbation tacite, non ? Ce que je veux dire, c'est qu'il ne t'a pas balancé un "Je t'interdis de sortir avec ma fille".

— Ça n'avait rien à voir avec moi. Il savait très bien quel genre de personne elle était. Jamais elle n'aurait jeté qui que ce soit parce que son père le lui aurait ordonné. »

36

À l'accueil, Marcus lui jeta un long regard inquisiteur. Il n'avait pas été viré, ce qui signifiait qu'il avait dû être promu. Jeff lança également un regard noir à Marcus. Était-ce lui qui avait cafté ?

À partir de ce moment, leurs interactions se teintèrent d'une suspicion mutuelle. Le semblant de confiance qu'ils avaient partagé jusqu'alors n'avait été fondé que sur le statut d'assistant de Jeff, un statut inférieur, et le fait que Marcus représentait la plus haute instance de pouvoir à laquelle il pouvait s'adresser.

La nouvelle se répandit comme une traînée de poudre. Jeff ignorait comment, mais en l'espace de quelques jours, tout le monde à la galerie savait, pour Chloe et lui. Jeff sentit qu'il avait gravi un échelon, qu'il n'était plus quelqu'un qu'on pouvait ignorer sans réfléchir aux conséquences. Il sentait également qu'il était à présent perçu comme un opportuniste et un arriviste.

Cela ne le dérangeait pas véritablement, cette version tacite des faits selon laquelle il couchait pour réussir, principalement parce que contrairement à ce qu'ils s'imaginaient tous, il ne cherchait absolument pas à s'assurer une meilleure situation au sein de la galerie. Il était plus ou moins dénué de toute ambition en ce qui concernait FAFA, ce qui signifiait que, même s'il accédait un jour à la direction, de son point de vue, ce ne serait que pure coïncidence.

37

La résidence des Arsenault, celle qui les accueillait temporairement pendant la construction de la maison de Mandeville, était située dans le quadrillage de rues formé par Santa Monica, au nord de Montana Avenue, où des bungalows d'après guerre coudoyaient des maisons défraîchies d'inspiration coloniale espagnole, des demeures traditionnelles bouffies, des fantaisies toscanes, et çà et là, ce qu'on appelait un « palais perse ». Elle se distinguait des autres par son modernisme, ou plutôt son semblant de modernisme. Un petit cube posé sur un plus gros cube, des fenêtres rectangulaires, tout en gris clairs et lignes épurées. Derrière se trouvait un garage incongru, dont le toit de tuiles en terre cuite et les stucs anciens trahissaient le style originel de la maison (définitivement non moderniste), et qui abritait, à n'en pas douter, la toute nouvelle Porsche de Francis.

Jeff était assis au volant de sa voiture, sur le trottoir d'en face, en train d'observer Chloe et sa mère à travers l'énorme baie vitrée. Chloe l'avait invité au dîner dominical, en lui disant que sa mère mourait d'envie de faire sa connaissance.

Il s'efforçait de prendre son courage à deux mains, même s'il savait que ce moment d'intimité avec les Arsenault n'était qu'une conséquence logique de tout le reste.

Il aurait aimé que Francis soit déjà là, afin de mieux se préparer, mais ce n'était pas le cas. Il était sur le point de pénétrer dans un environnement qui lui était profondément étranger – celui de Francis – et de soumettre la moindre de ses réactions à son jugement. Comment est-ce qu'un enchaînement d'actions, innocentes et improvisées, l'avait amené jusqu'ici, dans l'antre de la bête ?

Il sonna à la porte. Chloe lui ouvrit. Elle l'embrassa et l'invita à entrer, l'informant que son père n'était pas encore arrivé. Ils passèrent à la cuisine, où Chloe lui servit un verre de vin blanc et le présenta à sa mère, prénom et nom, Alison Baker. Apparemment, elle avait gardé son nom de jeune fille, celui qu'elle portait à ses tout débuts d'artiste.

Tandis qu'ils échangeaient des banalités, Jeff ne pouvait s'empêcher d'imaginer la jeune Alison Collins Baker, l'artiste, celle qui croyait qu'épouser Francis Arsenault serait bénéfique pour sa carrière, ou en tout cas que ça ne l'anéantirait pas. Il cherchait dans ses yeux quelque soupçon de tristesse, un signe que la jeune artiste ambitieuse était encore là, quelque part, cachée derrière un rideau, attendant le bon moment pour revenir sur le devant de la scène. Mais la seule impression qu'il tirait de cette observation, bien qu'il sût qu'elle avait dû renoncer à son rêve, était que l'Alison Baker qu'il avait devant lui était une femme heureuse et épanouie.

Elle lui fit visiter la maison, en lui précisant bien qu'ils la louaient, lui montrant les rares éléments de décoration intérieure qu'elle avait eu le loisir de personnaliser, pointant du doigt tapis, sièges et coussins. Un miroir ou deux, une touche de couleur dans plusieurs pièces. Elle avait hâte de décorer la maison de Mandeville, et elle promit de lui en montrer les croquis. Chloe paraissait moins enthousiaste, elle essayait de tempérer sa mère, gênée qu'elle donne ainsi la sensation de vouloir impressionner Jeff.

Ce n'est que lorsqu'ils furent de retour dans la cuisine, debout autour du plan de travail central pour remplir leurs verres, que Jeff remarqua un détail étrange. Il n'y avait aucune œuvre accrochée aux murs. Il le fit remarquer à son hôtesse, et Alison répondit que c'était ainsi, que c'était une habitude de vie qui remontait à bien longtemps. Au début, ils vivaient entourés d'œuvres d'art, mais Francis n'arrêtait pas de les faire disparaître des murs pour les vendre. Elle tombait amoureuse d'un tableau, et le lendemain celui-ci se retrouvait entre les mains d'un collectionneur. Au bout d'un moment, ils décidèrent d'un commun accord de laisser l'art en dehors de leur foyer. Laisser le boulot au bureau, dit-elle. Aussi judicieux dans ce domaine que dans n'importe quel autre.

Jeff l'interrogea sur son travail.

Elle répondit que ça marchait tellement bien ces derniers temps qu'elle avait une liste d'attente de sept mois.

Il clarifia sa question en précisant qu'il voulait parler de son œuvre artistique.

Alison jeta un rapide coup d'œil à Chloe.

« Très franchement, fit-elle, c'est là tout mon art. »

Elle lui décrivit plusieurs projets en cours de finalisation, ainsi qu'un autre qui l'enthousiasmait particulièrement, pour un producteur télé, dans la région des Palisades.

« Je ne peux pas dire qui c'est, mais vous connaissez son nom », dit-elle.

Il ne connaissait le nom de personne.

« En gros, il nous a laissé carte blanche, expliqua-t-elle. Du passé faisons table rase, c'est un peu l'esprit. »

Jeff était bien obligé de se demander si le fait que Chloe voyait en sa mère une artiste ratée n'en disait pas plus sur Chloe que sur la femme qui l'avait élevée.

Francis arriva avec une demi-heure de retard. Occupé à ranger ses sacs, il ne remarqua pas Jeff tout de suite. Il s'excusa de son retard, disant qu'il avait décidé de faire un saut à son club de sport après le travail. Ses cheveux étaient humides, et lorsqu'il se tourna vers Jeff, à l'instigation d'Alison qui lui rappela que le jeune homme dînerait avec eux, il planta son regard dans le sien, et durant un instant infime, avant de sourire en tendant la main, il afficha un air d'incompréhension qui, associé à ses cheveux mouillés, ébranla considérablement Jeff.

Jeff eut le sentiment qu'il devait se plier aux excuses de Francis, les accepter poliment au nom de tous, même si Alison et Chloe semblaient contrariées.

« Le club de sport, répéta Jeff. Très important de rester en forme. » Puis, abandonnant toute prudence : « Vous nagez ? »

Une nouvelle expression fugace apparut sur le visage de Francis. Une milliseconde à peine, il y eut un éclair de terreur, la terreur d'un animal piégé.

« Squash, corrigea Francis. Je me suis douché après. À mon club de sport. »

À mon club de sport, venait-il de dire. Il aurait très bien pu faire l'économie de ces quatre mots. Tout le monde aurait compris qu'il avait pris sa douche à la salle de sport. Jeff se demanda si, au lieu de s'être dépensé, il n'était pas plutôt allé à l'hôtel, avec sa maîtresse.

« Le docteur a dit que tu ne devais pas forcer », commenta Chloe.

Francis regarda Alison, qui comprit immédiatement. Ce n'était pas le genre de choses dont il fallait parler en dehors de la famille.

« Chloe, dit Alison. Sers un verre de vin à ton père. »

Francis serra fermement la main de Jeff, lui souhaita la bienvenue dans son « humble demeure », selon ses propres mots, et afficha un sourire franc. Lui aussi jugea bon de préciser qu'il s'agissait d'une location. Il ne restait plus la moindre trace des compliments ambivalents et des menaces plus ou moins voilées dont il avait gratifié Jeff dans son bureau. Il avait devant lui un Francis bien plus ouvert, un homme qui semblait ravi du choix qu'avait fait sa fille en matière de petit copain. C'était là une autre manifestation de la règle mentionnée par Alison au sujet des œuvres exposées dans leur foyer : on ne ramenait pas son travail chez soi.

Lorsqu'ils se mirent à table, on déboucha une très bonne bouteille de vin rouge afin d'accompagner le filet de bœuf qu'Alison avait préparé. Francis se comportait comme un roi dans son petit château, avec Alison et Chloe qui veillaient à ce qu'il dispose à tout moment de ce dont il avait besoin. Tandis qu'elles servaient les assiettes dans la cuisine, Francis et Jeff se retrouvèrent brièvement face à face à la table. Francis demanda à Jeff de lui rappeler où il avait travaillé avant d'entrer à FAFA. Jeff lui parla de la start-up, et Francis secoua la tête.

« Rien dans le monde de l'art ?

— Nada », répondit Jeff.

Francis le considéra en plissant très légèrement les yeux.

« Tu te rendais à beaucoup de vernissages ? » demanda-t-il.

Jeff, redoutant d'être interrogé sur son expérience et sa formation, mentit un peu.

« Quand je le pouvais, oui, fit-il.
— Aah, dit Francis. C'est donc ça.
— Quoi donc ?
— Ton visage, il m'est familier. Je l'ai remarqué quand je t'ai convoqué dans mon bureau. Ça n'a pas cessé de me travailler depuis. J'avais le sentiment de t'avoir déjà vu quelque part, mais je n'arrivais pas vraiment à te replacer.
— Vous devez voir énormément de gens, remarqua Jeff.
— Je n'oublie jamais un tableau, rétorqua Francis. Et je n'oublie jamais un visage. »

Au cours du dîner, les parents de Chloe demandèrent plusieurs fois à Jeff son avis, afin de jauger ce nouveau petit copain, mais la plupart du temps, la conversation n'impliquait que les Arsenault.

La dynamique qui régnait autour de la table était simple : Francis faisait des commentaires mal à propos sur diverses choses que Chloe faisait, ou qu'il croyait qu'elle faisait, d'un ton despotique et surprotecteur. Alison intervenait alors gaiement pour rétablir la vérité de telle ou telle situation, invalidant l'avis de Francis tout en reconnaissant le bien-fondé de ses inquiétudes sous-jacentes. Chloe se plaignait alors de ne pas être traitée comme l'adulte qu'elle était. Jeff aurait pu représenter leurs interactions sous forme de diagrammes, liant entre elles les courbes du pouvoir, de l'inquiétude, du contrôle, de l'argent, de la liberté et de l'amour. Aux yeux de Jeff, ils ressemblaient à quelque chose qu'il n'avait jamais connu de sa vie : une famille normale.

De temps à autre Francis lui lançait un regard de commisération, mais Jeff le surprit également à le lorgner du coin de l'œil, le jauger d'un air circonspect. Lui enviait-il sa jeunesse ? Se figurait-il le tour qu'aurait pris son existence s'il avait pu revenir à un instant précis des tout débuts de sa vie d'adulte ? Ou cherchait-il encore à replacer son visage, s'efforçant de retrouver la source du sentiment de familiarité qu'il suscitait en lui ?

De son côté, Jeff aussi examinait Francis, non seulement pour tâcher de déterminer qui il était, mais aussi pour déceler des signes de ce qui avait été évoqué par Chloe. *Le docteur a dit que tu ne devais pas forcer.* Sa santé était-elle mauvaise ? Son médecin l'avait-il prévenu que ce qui s'était passé dans l'océan pouvait à tout moment se reproduire ? Jeff ne pouvait bien évidemment pas s'enquérir de la santé de Francis, Alison ayant ostensiblement changé de sujet lorsque la question avait été abordée, mais rien chez Francis ne l'autorisait à penser qu'il n'était pas en pleine forme.

Francis mangeait sa part de filet et buvait du vin sans retenue. Ses joues étaient roses, son dos raide comme une planche. Malgré une longue journée qui s'était conclue par une partie de squash ou un rendez-vous à l'hôtel, il ne montrait aucun signe de fatigue. Il était connu pour son énergie débordante (Jeff n'avait eu qu'à écouter ses collègues pour s'en convaincre), et il remplissait leurs verres de vin d'une façon quasi compétitive, comme si Jeff et lui étaient engagés dans un concours de beuverie. Il y avait quelque chose de très curieux dans le fait que Francis, à mesure que les verres se succédaient, semblait considérer Jeff comme un adversaire, d'autant plus curieux étant donné leurs positions respectives dans l'organigramme de FAFA.

À un moment, Francis renversa son verre presque vide, maculant la nappe de rouge. Alison passa aussitôt à l'action, salière et serviette en papier en main, épongeant ce qu'elle pouvait. Francis jura à mi-voix, et elle l'assura que ça partirait, avant de lui demander s'il voulait encore du vin. Elle abordait l'incident sans agacement, sans servilité, sans peur, rien qu'avec une sérénité apaisante. Elle embrassa Francis sur le front et lui adressa un regard empreint d'une tendresse cultivée au long des ans. Jeff ne put s'empêcher de s'imaginer l'obvers de cette expression, ce à quoi Alison aurait ressemblé si elle avait dû faire le deuil de Francis.

Après ce verre renversé, Alison parut se renfermer. Au début, Jeff se dit qu'elle devait penser à la même chose que lui, que si tout s'était déroulé autrement Francis n'aurait pas présidé cette table. Jeff lui lança quelques plaisanteries, mais bien qu'elle y répondît en riant, c'était un rire de politesse, pas un rire sincère. Elle demeura maussade le reste de la soirée. Peut-être était-elle fatiguée, peut-être était-ce l'énergie de Francis qui l'épuisait, ou peut-être était-ce simplement l'alcool.

Au dessert, Jeff se demanda si ce nuage noir planait au-dessus d'elle non parce qu'elle redoutait de perdre un jour Francis, mais parce qu'elle suspectait (ou savait) que Francis n'était pas revenu de son club de sport, mais d'un rendez-vous galant.

Il était impossible d'aborder cette question frontalement, mais lorsque les jeunes amants se retrouvèrent dans la chambre de Chloe (Alison avait insisté pour qu'il passe la nuit chez eux : tout le monde avait trop bu), il lui demanda si elle avait remarqué le changement d'humeur de sa mère. Elle lui dit que non, et cette réponse lui parut terriblement insincère. À tout le moins, c'était de l'aveuglement. Mais tous les moyens sont bons pour se protéger de la vérité.

Ils firent l'amour cette nuit-là, ou plutôt eurent des relations sexuelles : lui utilisait toujours l'expression « faire l'amour » tandis qu'elle était beaucoup plus terre à terre, parlait de relations sexuelles, lui faisait part de l'importance qu'avait à ses yeux le fait qu'ils jouissent tous les deux, etc.

Jamais il n'avait connu pareille franchise chez ses partenaires, c'était à mille lieues du romantisme dont G ornait l'acte de chair. Par son approche dénuée de tout sentimentalisme, Chloe ressemblait à un mec du point de vue de Jeff, surtout ces nuits où elle tombait dans un sommeil profond aussitôt qu'ils en avaient fini.

Cette nuit-là, hésitant, il s'était attendu à ce que rien ne se passe. Après tout, ils étaient chez ses parents, Francis et Alison se trouvaient à l'autre bout du couloir. Mais Chloe était d'humeur, laissant entendre en quelques mots que ce lit devait être baptisé. Elle était saoule et joueuse. Il lui laissa prendre l'initiative avec enthousiasme, malgré sa peur que ses parents les entendent, éventualité qu'elle ne semblait pas même envisager. Peut-être était-ce cette crainte d'être entendu par eux, par Francis, associée à l'image de celui-ci avec les cheveux humides, le puissant souvenir qu'elle avait éveillé en lui, mais il ne parvenait pas à chasser le sauvetage de son esprit. Il y arrivait un instant, s'offrait tout entier à Chloe, mais cela finissait toujours par revenir le tarauder, jusqu'à ce moment où s'imposa cette idée qui prenait de plus en plus de place, le fait qu'à cet instant précis il obtenait enfin sa récompense.

Cette idée lui répugnait.

Non, se rappela-t-il, sa rencontre avec Chloe avait été une pure coïncidence, un effet secondaire d'une quête totalement distincte. Il s'était épris d'elle. Il l'aimait. Elle l'aimait. Il était impossible, se disait-il, que cela ait la moindre chose à voir avec le sauvetage de Francis, avec une quelconque recherche de contrepartie pour cette seconde vie qu'il lui avait offerte. Mais était-ce si impossible ? Et si d'une certaine façon, il se leurrait lui-même, et qu'une autre facette de sa personne, plus primale, plus animale, poursuivait ses objectifs sociaux bien à elle, à l'image de la hiérarchie de la galerie FAFA qui semblait imiter celle d'un groupe de gorilles ?

Après tout, il était bel et bien en train de baiser la fille de cet homme sous son propre toit. Présentée ainsi, la situation lui inspira un tel dégoût qu'il n'eut plus la tête à quoi que ce soit d'autre, et pour la première fois de sa vie, mais pas la dernière, son corps le trahit. Il mit cette défaillance sous le coup de l'alcool et s'assura autrement de la satisfaction de Chloe. Elle s'endormit aussitôt après. Lui resta allongé, les yeux rivés au plafond, une jambe pendant hors du lit afin que la chambre cesse de tourner autour de lui, et il aurait alors voulu saisir cet instant, Chloe et lui au lit, jeunes, saouls, et amoureux, et effacer tout ce qui avait permis d'y aboutir.

38

« Tu n'as jamais souhaité effacer d'un coup tout ton passé ? » demanda Jeff.

Dehors, les rayons du soleil qui déclinait étaient absorbés par le manteau nuageux, et les luminaires encastrés au plafond donnaient à Jeff un air plus las, confinant presque au sinistre.

« Bien sûr, mais...

— C'est impossible. » Jeff leva son verre. « Parce que enfin, nous pouvons boire autant que nous voulons, demain matin rien n'aura changé. Nous devons vivre avec nos choix.

— Et rétrospectivement ? demandai-je. Tu penses que tu t'arrogeais alors ta récompense ?

— C'est une question délicate, répondit-il, rendue encore plus complexe par ce qui est arrivé ensuite.

— C'est-à-dire ?

— Comme je te l'ai dit plus tôt, laisse-moi y venir.

— D'accord, si tu veux, mais tu as quand même réussi, il me semble. Tu as une femme et deux enfants. Tu parcours le monde entier, en grande pompe, pour représenter des artistes dont tu vends les œuvres. Si tu pouvais effacer tout ce qui t'a amené à ce moment précis, tu le ferais vraiment, toi ? »

Il opina.

« Tout ce que tu viens de me raconter ?

— Sans la moindre hésitation, dit-il.

— Et que fais-tu de la satisfaction de savoir que tout dans ta vie a été conquis de haute lutte ? Tout ce que tu as bâti jusqu'ici ? Tu perdrais tout cela ?

— Avec le plus grand plaisir », répondit-il.

39

Après ce dîner en compagnie de Francis, il fut assez étrange pour Jeff de retourner à la galerie, s'asseoir à l'accueil, répondre aux appels, joindre Marcus sur son poste, gribouiller sur des blocs-notes et trier le courrier. L'ordre hiérarchique avait été affecté, mais il ne savait pas vraiment dans quelle mesure, ni si Francis reconnaîtrait ce changement, étant donné l'épaisseur du mur qu'il avait érigé entre sa vie privée et sa vie professionnelle. Le réveil avait été moins tendu que la soirée de la veille, Chloe et lui souffraient d'une légère gueule de bois, et à la lumière du jour il n'avait aucune difficulté à se convaincre de la sincérité des sentiments qu'il avait pour elle, à se convaincre que s'il l'avait rencontrée en pleine rue, sans qu'elle soit liée d'une façon ou d'une autre à son existence, il aurait quand même voulu être avec elle, et serait sorti aussi discrètement de chez ses parents, un mug de café à la main, un toast dans l'autre. Le spectre d'un Jeff égotiste et calculateur avait disparu dans les ténèbres, pour lors en tout cas, et la conviction qu'il avait d'être quelqu'un de bien était intacte.

À son arrivée à la galerie, Francis adressa à Jeff un

hochement de tête et un « Salut », choses qu'il n'avait jamais faites auparavant. Personne n'était dans la grande salle pour assister à la scène, mais pour Jeff, cela représentait un glissement proprement tectonique de sa position à la galerie. Et il n'avait pas tort. Quelques heures plus tard, Marcus était dépêché au rez-de-chaussée afin d'informer Jeff que Francis l'attendait une nouvelle fois dans son bureau. Tout en lui transmettant ce message, Marcus secouait la tête, l'air de dire « Je ne vois vraiment pas ce qu'il te trouve ». Jeff haussa les épaules et tira la chaise de l'accueil afin que son collègue puisse s'y asseoir.

À l'étage, Andrea et Fiona le regardèrent traverser le couloir comme s'il s'avançait vers l'échafaud, en tout cas ce fut l'impression qu'elles lui donnèrent. Lorsqu'il entra dans le bureau de Francis, celui-ci lui demanda de refermer la porte derrière lui et lui fit signe de s'asseoir face à lui. Jeff obéit. Francis le toisa.

« Tu me rappelles celui que j'étais à ton âge, déclara-t-il. Je t'aime bien.

— Merci beaucoup, dit Jeff.

— Tu ne vas pas me décevoir, n'est-ce pas ? »

Jeff hocha la tête.

Francis éclata de rire. « C'était une question rhétorique. Bien sûr que tu me décevras. C'est la vie. Mais d'ici là, autant en profiter. J'ai un dîner jeudi, et j'aimerais que tu y sois présent. Il y aura quelques-uns de nos artistes et des collectionneurs. Tu penses pouvoir éviter de rester bouche bée toute une soirée ? »

Jeff ne pensait pas qu'il avait la moindre propension à rester bouche bée.

« Comme je vois les choses, poursuivit Francis, soit tu as ce qu'il faut, soit tu ne l'as pas. C'est vrai pour les artistes, les collectionneurs, les marchands d'art, tout le monde. Je pense que tu l'as, mais je me trompe peut-être. Autant s'en assurer tout de suite, et il n'y a qu'une seule façon de le découvrir. Plonger. Soit tu nages, soit tu coules. » Son expression ne trahit aucune insinuation dans sa métaphore. « Parmi tous ces nuls, là », il désignait le couloir derrière la porte, « aucun n'a ce qu'il faut. Et ils ne sont pas près de l'avoir. Ne te méprends pas, je les adore, ce sont eux qui font tourner la baraque, mais ce ne sont que les représentants d'un genre très précis de bureaucrates. Ils sont arrivés là où ils en sont en s'adaptant patiemment à un système, ils ont gravi les échelons en faisant preuve de prudence, d'application, en travaillant dur. Tant mieux pour eux, mais c'est terriblement triste. Parce qu'ils croient qu'au bout d'un temps ils accéderont au sommet. Tu as déjà vu cette œuvre d'Abdulrahman Miller ? Avec l'échelle ? »

Jeff secoua la tête.

« C'est une échelle tout ce qu'il y a de plus banal, en bois, du genre qu'on pose contre une maison pour accéder au toit : elle se dresse au milieu de la pièce, mais elle ne repose contre rien. Elle disparaît simplement dans le plafond. Il la fixe en vérité aux poutres porteuses, puis recouvre le tout de plâtre, afin que l'échelle disparaisse dans cette blancheur lisse. Au cours de sa performance, il grimpe les échelons, un à un, et se cogne la tête au plafond. Puis il redescend et recommence. Une fois la performance terminée, l'échelle reste au milieu de la galerie, et on peut voir au plafond, à l'endroit où il s'est cogné la tête, une tache huileuse sur la surface immaculée. Cette œuvre évoque la notion de plafond de verre, bien entendu, les obstacles imposés aux Noirs en Amérique – lui-même est noir –, mais de mon point de vue, elle représente plus largement la tendance qu'ont les Américains (les êtres humains, même) à tout transformer en putain d'échelles, à se retrouver face à ce monde sauvage et indomptable, constamment au bord du précipice, où la mort ne nous lâche jamais du regard, et à préférer vouer tous leurs efforts et toute leur foi à je ne sais quel plan de carrière, tu sais, au graal du CV parfait, toutes ces foutaises. Je ne veux pas minimiser l'importance de l'expérience, l'expérience est évidemment essentielle, mais comment en acquiert-on ? C'est le gros problème avec les gens qui ont travaillé dans trop de galeries, qui ont fait leur petit chemin non pas grâce à un quelconque brio, mais en évitant de se faire virer, ou en jouant un joli coup : ils sont tous la même personne. Ils pensent que l'échelle monte tout en haut, mais c'est faux. Bien sûr, certains se satisfont de leur petite contribution, s'arrêtent à un échelon et y restent perchés jusqu'à la fin de leur vie, et ils sont extrêmement précieux, essentiels. Mais les ambitieux, eux sont vraiment pitoyables. L'échelle ne mène pas tout en haut. Elle mène au putain de plafond. Ce n'est pas une vie, Jeff. Franchement, je n'arrive pas à comprendre. »

Francis reprit un peu son souffle, se rendant compte qu'il s'était lancé dans un véritable laïus. Il ne s'excusa pas. Au lieu de ça, il darda son regard sur Jeff.

« Nous n'avons qu'une vie. Une seule. Après quoi c'est fini. Il n'y a rien après. Qui a vraiment envie de la passer sur une échelle ? »

Il attendit une réponse.

« Pas moi, fit Jeff.

— Exactement. Pas toi. C'est bien ce que je pensais. Moi non plus, de toute évidence. Mais tous ces gens, là », il désigna à nouveau la porte, et Jeff se demanda s'il voulait parler de Marcus et Andrea, du reste du monde de l'art ou du monde en général, « eux, c'est cela qu'ils veulent. Jour après jour. Ils se disent de garder la foi. Quelle foi ? Il faut faire ce qu'on veut dans la vie, Jeff, sans quoi on n'est rien du tout. »

Jeff n'était pas franchement d'accord, mais il garda cela pour lui.

« Tu as de la chance, dit Francis. Je suis là pour te montrer la voie. J'aurais aimé qu'à ton âge quelqu'un me montre la voie.

— Je vous suis vraiment très reconnaissant », fit Jeff.

Francis balaya sa phrase d'un revers de main. « Oh, arrête tes conneries. Dîner jeudi. Mr Chow. 20 heures. »

Il fallut un instant à Jeff pour décrypter ces mots, qu'il prit tout d'abord pour une sorte de code secret.

« Le dîner, dit Jeff.

— En l'honneur de Sasha. » Les yeux de Francis étaient déjà rivés à son bureau. « Ferme la porte derrière toi. »

Dans la salle principale, Marcus consultait la feuille des prix de l'expo. Apercevant Jeff, il se leva et lui présenta la chaise, comme un serviteur l'aurait fait pour son roi.

« Comment s'est passé ton rendez-vous ? demanda Marcus.

— Bien, répondit Jeff. Il m'a invité à un dîner.

— Un dîner ?

— En l'honneur de Sasha, précisa Jeff.

— Est-ce que tu sais au moins qui c'est ?

— Un collectionneur ? »

Marcus sourit.

« Tâche de ne pas écraser trop de monde dans ton ascension », dit Marcus.

40

Jeff arriva à l'heure. Le restaurant était élégant, avec un sol en damier et des nappes blanches. Il se sentit d'emblée mal à l'aise, bien qu'il portât ses plus beaux habits, la même tenue qu'au vernissage. L'hôtesse lui demanda à quel nom était la table, et lorsqu'il lui répondit « Arsenault », elle haussa les sourcils et sourit, avant de l'inviter à la suivre à l'étage. Elle le conduisit jusqu'à une salle privée dotée d'une table de douze couverts qui donnait sur la salle principale du restaurant. Personne n'était encore arrivé. L'hôtesse lui remit un menu et le laissa seul. Jeff resta planté face à la table, ne sachant pas trop où s'asseoir. Il savait pertinemment que les deux extrémités étaient à éviter, et jugea qu'il serait sans doute préférable de tourner le dos à la salle principale, ce qui lui laissait le choix entre cinq places. Celles du milieu étaient à exclure : elles seraient occupées par des personnalités de seconde importance par rapport à celles qui présideraient la table. Cela lui laissait les deux places du coin et celles d'à côté. Celles du coin permettraient d'avoir des conversations à mi-voix avec les personnes les plus importantes, ce qui les rendait éminemment plus intéressantes que les places d'à côté. Se figurant que Francis s'assiérait au bout de table le plus éloigné de l'entrée (comme il l'avait fait chez lui, laissant à Alison la place la plus proche de la cuisine), Jeff s'installa entre la place du milieu de table et celle du coin, dos à la salle principale.

Tâche de ne pas écraser trop de monde dans ton ascension. Il avait répété les paroles de Marcus à Chloe. Selon elle, Marcus était jaloux des attentions dont Jeff faisait l'objet. Elle lui conseilla de ne pas se soucier des autres, de ne penser qu'à son propre bien. Et si tout finissait par partir à vau-l'eau, ce ne serait pas bien grave, il pourrait toujours retrouver du boulot ailleurs. Elle serait toujours là.

Un serveur vint lui demander s'il désirait boire quelque chose. Il ignorait le protocole à suivre, si le dîner serait arrosé ou studieux, aussi commanda-t-il un thé glacé. Le menu était personnalisé. Dîner en l'honneur d'Alex Post, l'artiste dont la galerie accueillait en ce moment l'exposition, celui qui aurait pu passer pour un ouvrier de chantier. Aucune mention de Sasha. La date et l'heure imprimées sur le menu rassurèrent Jeff : il était bien là où il était censé être.

Dix minutes plus tard, une jeune femme entra, accompagnée de l'hôtesse, qui lui remit un menu et la laissa plantée à l'autre extrémité de la table. Elle était grande, très maigre, pas beaucoup plus âgée que Jeff. Mais elle venait d'un univers totalement différent du sien. Elle aurait parfaitement pu être un top model, mais veillait clairement à se distinguer de toute notion de beauté conventionnelle, sans arriver pour autant à s'enlaidir vraiment. Elle était maquillée, mascara et blush appliqués à la hâte. Ses cheveux étaient teints de plusieurs couleurs, coiffés en un chignon fixé à l'aide d'une baguette chinoise. Elle portait un cardigan tout droit sorti d'une friperie, par-dessus ce qui semblait être une robe-nuisette très chère, couleur champagne. Elle n'hésita pas une seconde dans le choix de sa place, allant droit à l'autre bout de la table pour s'installer au coin, ce qui selon les calculs de Jeff la placerait à la droite de Francis. Elle pendit son sac au dossier de la chaise et s'assit. Ses ongles étaient courts et ses mains maculées de pigments.

Jeff se présenta. Elle lui adressa un sourire pour la forme et lui dit qu'elle s'appelait Astrid. Elle s'exprimait avec un accent impossible à identifier, peut-être d'Europe de l'Est, même si plus tard, dans la soirée, il devait glisser vers un accent pseudo-britannique, saupoudré d'expressions familières typiquement américaines. Il lui demanda si elle savait quand arriveraient les autres invités. Elle haussa les épaules, manifestement peu encline à converser. Le serveur apparut et lui demanda si elle désirait boire quelque chose. Elle prononça un nom que Jeff n'avait jamais entendu, « *on the rocks* ». Il lui demanda si elle était artiste, et elle répondit oui, avec un petit sourire à la commissure des lèvres qui lui signifiait qu'elle savait que lui ne l'était pas.

Jeff se pencha sur le menu sans parvenir à y comprendre grand-chose. Petit dragon de Shanghai ? Poisson ivre ? Canard du parieur ? Bulbe de lys à l'igname des montagnes ?

Le reste des convives arriva alors, Alex Post dans sa combinaison de travail, Francis en costume de lin bleu sans cravate, et quelques hommes et femmes, entre la quarantaine et la cinquantaine, qui grâce à leur richesse semblaient avoir élu domicile dans un monde où les conséquences n'existaient pas. Lunettes de vue extravagantes, veste rayée et cape faisaient comprendre à quiconque les voyait qu'il s'agissait de non-conformistes, de gens de goût, de fins connaisseurs du monde de l'art contemporain.

Francis s'assit là où Jeff l'avait prédit, tout en saluant Astrid amicalement, mais sans effusion. Jeff remarqua quelque chose que les autres convives ne virent pas, ou se moquèrent de relever. La main de Francis se posant sur celle d'Astrid, pour la serrer brièvement.

Elle était d'une beauté extraterrestre, et sa jeunesse devait plaire à Francis. Ce charme n'avait aucun effet sur Jeff, qui n'arrivait à l'imaginer que comme une araignée en train de grimper sur un lit, tout en bras et en jambes.

On commanda une nouvelle tournée. Cette fois, Jeff prit un gin tonic. Il écoutait les conversations en silence, s'efforçant de déduire qui était qui et veillant à chaque instant à ne pas rester la bouche grande ouverte.

Il se passa un long moment avant que Francis lui prête la moindre attention, et ce ne fut alors que pour le présenter distraitement comme quelqu'un de nouveau à la galerie, sans préciser son poste.

Les plats furent servis. Jeff était mort de faim. Il mangea de tout, en prenant bien soin de ne pas prendre de vitesse les autres convives. Astrid ne toucha pas à la nourriture, préférant philosopher avec Francis et deux collectionneurs. Elle pérorait sur le processus créatif, les supports, les écueils des œuvres qui ne se hissaient que difficilement au-dessus du décoratif. Lorsque Jeff parvint à comprendre ce qu'elle voulait dire, il remarqua qu'elle tournait en rond, et les hommes l'écoutaient, la laissaient déblatérer en la contemplant. Elle avait décroché un droit d'entrée dans ce milieu pour les raisons les plus superficielles qui soient, et jouait le rôle de quelqu'un qui avait des choses à dire. À peine s'était-il fait cette réflexion qu'il se ressaisit. Qu'en savait-il en vérité ? Peut-être était-elle une brillante artiste. Peut-être n'était-elle même pas la maîtresse de Francis. À cette époque, il remettait systématiquement en question toute pensée qui se teintait de mépris.

L'homme assis à sa droite semblait être un collectionneur. Il se comporta d'abord comme si Francis le courtisait, puis, voyant que cela ne prenait pas, tenta de s'attirer ses bonnes grâces sans s'en cacher. Il était évident qu'il était très riche, il citait l'air de rien les sommes délirantes qu'il avait dépensées pour acquérir des chefs-d'œuvre, mais Francis n'était pas d'humeur à parler chiffres, ou se faisait désirer. Le collectionneur transpirait le manque d'assurance, s'ingéniant à transformer sa richesse en stature, en cachet ou – et cette pensée attrista Jeff – en amitié.

À l'autre bout de la table, Alex Post avait déjà bu plusieurs verres, et échangeait réflexions profondes et déclarations fracassantes avec un collègue artiste, l'homme à la veste rayée. Jeff se dit que ce cinéma était le prix à payer pour manger ces plats, boire ces verres et vendre leurs œuvres. Cela ne semblait pas les déranger.

À la gauche de Jeff était assise la femme vêtue d'une cape. Elle restait silencieuse. Au début, Jeff craignait que son mutisme ne fût le signe d'un profond ennui, mais en y regardant de plus près, il décela dans ses yeux une lueur d'amusement, discrète mais tenace. Il se présenta, et ils entamèrent la conversation, réconfortant tête-à-tête au milieu de la bruyante tablée.

Il lui demanda si elle connaissait Sasha.

Elle répondit qu'à l'exception de son mari c'était l'artiste qu'elle préférait chez FAFA.

« Enfin quoi, il suffit de le regarder. Rien que sa combinaison », dit-elle en désignant Alex Post.

Jeff acquiesça pour dissimuler sa confusion. Plus tard dans la soirée, Chloe devait lui expliquer qu'en Europe de l'Est Sasha était un diminutif courant d'Alexandre.

La femme lui demanda s'il avait remarqué quelque changement dans l'attitude de Francis. Il lui répondit qu'il n'avait commencé à travailler avec lui que relativement récemment, puis lui demanda de quelle sorte de changement elle voulait parler.

À l'en croire, il n'avait jamais été très franc du collier dans ses affaires, n'hésitant jamais à déshabiller Pierre pour habiller Paul, pour reprendre l'expression consacrée, mais à présent, selon les propres mots de cette femme, il baisait carrément ses propres artistes dans les grandes largeurs. Pour commencer, il avait exigé de son mari qu'il produise de nouvelles œuvres alors qu'il se trouvait dans une phase délicate, une phase d'incubation, et, ne recevant rien de lui, il avait volé des œuvres inachevées dans son atelier, avait imité la signature de son mari et les avait vendues. Son mari se faisait traiter plus bas que terre par Francis, qui le suçait jusqu'à la moelle, et bientôt il ne resterait plus rien de lui.

Jeff considéra l'artiste à la veste rayée à l'autre bout de la table. Était-ce son mari ? Il était en train de rire à une remarque d'Alex Post, et paraissait heureux, plein de vie.

« La cocaïne, dit la femme en suivant le regard de Jeff. Une sacrée saloperie. »

Jeff se demanda pourquoi Francis l'avait convié à ce dîner. Il n'était ni en train de faire la connaissance de collectionneurs ni de répondre aux lubies d'artistes excentriques : il ne faisait qu'observer un groupe de vieux qui s'amusaient et écouter les récriminations de la femme d'un artiste en perte d'inspiration. Il considéra Astrid et tâcha de déchiffrer son expression. Elle avait cessé son monologue, et souriait d'un air absent, ou grimaçait, ou serrait les dents, Jeff aurait été incapable de le dire. Francis affichait un sourire démoniaque. Sa main avait disparu sous la table.

« Je dois bien lui reconnaître une qualité, disait la femme de l'artiste : sa *chutzpah*. Il agit sans jamais attendre de permission. Une force irrésistible en quête d'une masse inamovible. Quand il s'est brisé des côtes, nous sommes passés lui déposer un petit cadeau, en guise de vœux de bon rétablissement, et vous n'imaginez pas à quel point Alison était heureuse de nous voir. Elle nous a demandé de le prendre avec nous. Une simple plaisanterie, bien sûr, mais on voyait bien que, dans le fond, elle était sérieuse. Je n'ai pas vu toute cette folie de mes propres yeux. Il était enfermé dans sa chambre à l'étage, défoncé au Vicodin, avec stricte interdiction de laisser qui que ce soit le surprendre en plein sommeil. Vous pensez qu'il sait que je suis en train de parler de lui, là ? » demanda-t-elle.

Jeff regarda en direction de Francis, qui le dévisageait déjà. Francis lui adressa un regard inexpressif, impossible à interpréter, puis sourit et lui demanda s'il passait un bon moment.

41

« J'ai répondu oui, bien sûr que je lui ai répondu oui, mais honnêtement je ne savais absolument pas quel genre de moment j'étais en train de passer. Tout cela me faisait tourner la tête, Astrid, la femme assise à côté de moi, les artistes, les collectionneurs, le simple fait de me retrouver dans ce restaurant chic. Sans parler de ce que j'avais bu. J'essayais de me modérer, mais les verres n'arrêtaient pas d'apparaître sous mes yeux. Ma technique à l'époque, et elle n'était pas si mauvaise, consistait à éviter d'ouvrir la bouche quand j'étais saoul. *In vino veritas*. Le meilleur moyen d'éviter de dire des conneries, c'est encore de ne rien dire.

— La sagesse même.

— Que je suis loin d'observer présentement, dit-il en levant une énième fois son verre. Mais je doute de te revoir un jour.

— Peut-être dans vingt ans », rétorquai-je.

Il gloussa, mais rien dans son regard ne laissait croire qu'il plaisantait. C'était comme si un rideau avait été tiré, pour se refermer ensuite.

« Tu as très longtemps gardé cela pour toi », dis-je, brisant le silence.

Il acquiesça.

« Pour finalement choisir de tout me raconter.

— Comme je te l'ai dit, le fait de tomber sur toi... ç'a été le déclencheur. » Il chercha ses mots. « Écoute, on ne se fait plus très jeunes. Cette opération chirurgicale que j'ai évoquée. Je me retrouvai dans une forêt obscure, etc. Dante.

— Je vois.

— Et puis je te croise. *Mektoub.* »

Je dus lui paraître sceptique, car il poursuivit :

« Je crois que j'éprouve le besoin impérieux de raconter mon histoire à quelqu'un depuis déjà pas mal de temps. » Il croisa les doigts, avec un sourire sinistre. « Et quel meilleur confident que quelqu'un qui me connaissait d'avant ?

— Tu me l'as déjà dit. Seulement, je ne vois pas vraiment quelle importance ça a.

— Tu me connaissais à l'époque. Tu sais que j'avais un bon fond. »

Le connaître ? Il aurait été généreux de nous qualifier de connaissances. J'avais l'impression qu'il essayait de me pousser à témoigner d'un fait auquel je n'avais pas assisté.

« Je sais qu'au moins, dit-il, tu ne transformeras pas tout cela en quelque chose qui pourrait être retenu contre moi.

— Je n'ai aucune intention de te faire du chantage, si c'est cela qui t'inquiète.

— Tout le monde fait chanter tout le monde, chaque jour qui passe. Chacun de nous est le gardien des secrets d'autrui. »

Le chantage, c'était une chose, les secrets, c'en était une autre. Il savait que j'étais écrivain. Je commençai à me dire que ses confessions ne tendaient que vers un but depuis le début, ou qu'elles avaient fini par n'en avoir qu'un seul : son autoportrait.

« À ce stade, je ne peux rien te garantir, dis-je.

— Je te demande encore un peu de patience. »

De nouveau, la même phrase. L'insistance avec laquelle il la répétait m'évoquait un télévendeur jurant que son appel était purement informatif, alors qu'au détour de chaque phrase, de chaque élément de langage, se terrait le spectre de l'argumentaire de vente.

« Ce dîner fut pour moi un moment décisif, déclara Jeff, parce que jusque-là je m'étais contenté d'accumuler de l'information, sans en tirer de conclusion, repoussant mon verdict à plus tard. Mais lorsque cette femme me parla, c'était comme si elle donnait forme à mon opinion encore brumeuse, tout juste naissante. Elle mit des mots sur ce qui était tout à fait flagrant, mais que je ne m'étais pas aventuré à formuler, pas même à moi-même. Francis était un salaud.

— À qui tu as offert une seconde vie.

— Rien de moins », fit Jeff, avant de finir son verre cul sec.

42

Le week-end suivant, Chloe passa prendre Jeff dans sa petite BMW et l'emmena visiter le chantier de la maison de Mandeville Canyon.

Le site était protégé par une clôture grillagée recouverte de tissu vert, mais la chaîne qui fermait le portail était assez lâche pour qu'ils parviennent à se glisser entre les deux battants. Une fois dans le périmètre, Chloe s'arrêta et releva la tête pour contempler les poutres d'acier et de bois de la structure.

« Je n'arrive pas à penser à autre chose qu'à la maison qui se trouvait ici, avant.

— Elle te manque ? »

Elle répondit que l'ancienne maison était chaleureuse, sillonnée de sentiers invisibles qu'ils avaient tracés au fil des ans. Cela avait été un véritable foyer. Contrairement à ce mastodonte, qui n'était rien d'autre qu'un symbole ostentatoire pour son père et une toile blanche pour sa mère.

Ils traversèrent une vaste embrasure pour pénétrer dans ce qui serait un jour le hall d'entrée. À travers la structure nue, Jeff pouvait voir le flanc de la colline, tout au fond du terrain.

« C'est gigantesque, commenta-t-il.

— Tu ne t'imagines même pas. » Elle lui fit parcourir un plancher temporaire en contreplaqué jusqu'à un énorme trou rectangulaire, où une volée de marches s'enfonçait dans un sous-sol qui s'étendait sur toute l'aire du bâtiment, avec une hauteur sous plafond d'au moins trois mètres. Des rayons de soleil filtraient à travers des puits d'aération, et leurs reflets sur des centaines de mètres carrés de bois de pin baignaient l'espace d'une lueur dorée.

« Putain », lâcha Jeff, et sa voix résonna entre les murs de béton.

« Tout ce qui compte pour mon père, c'est la superficie. »

Le long de ce qui serait un jour le couloir principal, ils passèrent devant ce qui deviendrait la buanderie, la chambre de service, et ainsi de suite. Tandis que Chloe lui indiquait la future fonction de chaque pièce, Jeff fut pris d'une espèce de vertige horizontal, l'impression qu'il ne se trouvait plus dans cette maison, dans cette rue, mais dans un espace générique, indéterminé, loin de tout.

Tout au bout du couloir, ils débouchèrent sur une vaste salle.

« Ce sera une salle de projection. »

La mélancolie qu'éprouvait Chloe pour sa maison d'enfance s'était totalement volatilisée, remplacée par un enthousiasme croissant. Jeff s'efforça de paraître impressionné, mais ses pensées, comme à son habitude, restaient focalisées sur Francis.

« Comment décrirais-tu ton père, demanda-t-il, le genre de personne qu'il est ? »

Il ne s'attendait pas à un avis particulièrement objectif – on ne forme un avis objectif sur sa propre famille que bien tard dans la vie, si cela arrive un jour –, mais espérait qu'elle puisse l'éclairer un peu sur sa façon d'être au monde.

Chloe fut étonnée par cette question.

Il lui parla de la femme de l'artiste, de ses sérieuses critiques à l'égard de Francis.

Elle ne se formalisa pas. « Elle m'a l'air bien aigrie, cette dame », commenta-t-elle.

Il lui dit qu'elle accusait Francis d'avoir volé des œuvres inachevées et d'avoir imité la signature de son mari.

Chloe éclata de rire. Elle admit que c'était « un sale coup de sa part », mais ajouta que cela ne la surprenait pas du tout.

Et sa façon de traiter ses employés ? Ses phrases cinglantes et ses coups de colère, sans raison manifeste ?

« C'est un requin, répondit-elle. Tous ses employés savaient parfaitement à quoi s'attendre. »

Tous les arguments qu'il lui opposait étaient déviés, et loin d'augmenter sa frustration, cela l'apaisait.

Ce n'est que plus tard qu'il se rendit compte qu'il avait été subjugué par la beauté de Chloe, par sa présence, par les hormones qui saturèrent son sang lorsqu'ils s'enlacèrent dans le clair-obscur de la future salle de cinéma particulière.

Ce n'est que plus tard également qu'il comprit que les fautes et manquements qu'il avait énumérés n'avaient pas la moindre importance aux yeux de Chloe, non parce qu'elle avait son avis bien à elle sur la question, mais simplement parce que rien de tout cela ne l'affectait.

43

Jeff adhéra peu à peu au point de vue de Chloe, qui certes avouait que son père était un sacré personnage, un peu brut, mais pas nécessairement quelqu'un de mauvais : la femme de l'artiste s'était juste défoulée, pour se décharger d'une rancœur contenue jusque-là. Jeff eut sans doute d'autant moins de mal à adopter cette vision des choses que son avancement venait d'être consolidé : Francis l'avait définitivement tiré de la réception pour l'installer dans le bureau de Fiona, afin qu'il œuvre à la numérisation de la galerie, son entrée de plain-pied dans le XXIe siècle. Sa toute récente maîtrise de Microsoft Excel l'avait propulsé au rang de « magicien des bases de données », et Jeff avait à présent à cœur de se rendre indispensable.

Fiona – qui, selon Marcus, savait « dans quels placards se trouvaient les squelettes » – accueillit Jeff dans son univers de régisseuse, où, il s'en aperçut très vite, elle avait déjà numérisé la plus grande partie des données de la galerie. Un drôle de trait de caractère l'empêchait de chercher la moindre reconnaissance de son travail. Elle semblait préférer la joie perverse d'être la seule, hormis Jeff, à savoir qu'elle était la véritable force motrice de cette vaste entreprise de modernisation. Jeff n'aurait su dire si c'était là une forme de modestie, ou une tactique très intelligente pour ne pas se faire remarquer dans cette galerie où Francis tapait sur les têtes qui dépassaient.

Francis hurlait sur Marcus et Andrea à la moindre occasion. À présent qu'il travaillait à l'étage, Jeff comprenait ce qu'il criait. Certaines invectives lui étaient familières : des versions plus ordurières et hargneuses du laïus qu'il lui avait servi. La plupart du temps, ces tirades avaient pour point de départ une nouvelle inattendue. Si cette information avait paru dans une publication traitant du monde l'art, et que Francis n'en avait pas été informé, il pouvait tempêter pendant dix bonnes minutes sur l'incompétence de ses employés. Marcus et Andrea battaient leur coulpe autant que possible, et Francis, vidé, retournait dans son bureau en refermant la porte derrière lui. Souvent, on n'apprenait la raison de sa crise de colère que bien plus tard.

Durant ces accès, Fiona se faisait remarquablement discrète, comme si le moindre bruit pouvait attirer l'attention de Francis, et la désigner comme objet de son courroux. Jeff n'entendit jamais Francis crier sur Fiona.

Sans doute à cause des informations numériques et physiques qu'elle gardait sous clef. Plus il en voyait, plus il se convainquait que la galerie était tout bonnement une entreprise véreuse. L'argent circulait par virements bancaires, et des œuvres de provenance douteuse passaient des mains d'un collectionneur à celles d'un autre selon des dispositions fiscales qui permettaient de différer le paiement des taxes alors même que la valeur des œuvres augmentait, c'est du moins ce que Jeff en comprit lorsque Fiona le lui expliqua.

Il vit les œuvres supposément inachevées que Francis

avait chipées dans l'atelier de l'artiste, avec la signature supposément fausse, vendues à un collectionneur, et aussitôt livrées dans un entrepôt. Et puis d'autres œuvres, dont certaines ne disposaient pas même d'une photo, hors du circuit de la galerie, un ensemble de quatre Picasso sur papier, un Dürer, un Matisse, passant d'un propriétaire à un autre, une version « monde de l'art contemporain » des chaises musicales.

Un après-midi, Jeff scannait des photographies lorsqu'il aperçut Astrid dans le hall d'attente du premier étage, une petite boîte d'archives sous le bras. Il la salua comme une vieille amie, et elle répondit aussi froidement qu'il s'y était attendu. De son accent inidentifiable, elle dit qu'elle était passée déposer une série de diapositives afin que Francis y jette un œil – de nouvelles œuvres. Quand Jeff lui dit qu'il était absent, Astrid posa sa boîte sur le bureau et en sortit une plus petite, d'environ dix centimètres sur treize. Elle la tendit à Jeff des deux mains. Elle ne lui aurait pas remis son propre enfant avec plus de précaution. Il lui promit qu'il les transmettrait à Francis. Elle reprit sa boîte et lui adressa un regard inexpressif. Il l'assura à nouveau que Francis recevrait ces diapositives à l'instant même où il entrerait dans la galerie. Elle opina sèchement de la tête et partit. Lorsqu'elle se retourna, son pull très échancré glissa d'un côté, révélant une bretelle de soutien-gorge écarlate.

Il jeta un coup d'œil aux diapositives dès qu'elle eut atteint le rez-de-chaussée. C'était une série de six grandes peintures carrées, de cent quatre-vingts centimètres de côté, chacune représentant un nu de femme maigre, dont la pose avait été étudiée afin qu'elle occupe la quasi-totalité de la toile. Il apprécia la gageure, le défi posé par les dimensions des tableaux, mais les œuvres en elles-mêmes, du moins sur diapositives, le laissaient froid. Pas à cause de la technique – Astrid avait un bon coup de pinceau –, mais à cause d'autre chose, que Jeff avait du mal à formuler. Le manque de clarté. Ou de souffle. Oui, c'était bien ça : il n'arrivait pas à déceler l'élan qui portait ces peintures, mis à part le désir d'Astrid d'exhiber sa facilité d'exécution.

Il alla déposer la boîte sur le bureau de Francis, et contempla un moment le tableau accroché derrière son bureau, cette absence de Francis. Il ne s'était jamais retrouvé seul dans cette pièce, aucune raison ni excuse ne s'était présentée jusqu'ici, et il avait à présent le plus grand mal à se retenir de fureter. Et s'il ouvrait l'un des tiroirs du bureau de Francis ? Que trouverait-il à l'intérieur ? Il décida d'en ouvrir un, rien qu'un seul. Faisant mine (malgré l'absence totale de témoins) de s'assurer que la boîte était bien en place, il tendit la main sous le plateau du bureau et tira sur la poignée. Le tiroir était verrouillé.

44

Peu de jours après, Francis convoqua Jeff dans son bureau. Cloîtré en compagnie de Fiona, Jeff n'avait même pas remarqué son arrivée. Il revenait de quelques jours à Manhattan où il avait inspecté la galerie qu'il y possédait. Les diapositives d'Astrid étaient rangées dans leur boîte, posée à une extrémité du bureau. Jeff lança un coup d'œil dans sa direction, et Francis suivit son regard.

« Elle m'a dit qu'elle te les avait remises en mains propres. Tu y as jeté un œil ? »

Jeff secoua la tête. Il savait pertinemment qu'il valait mieux ne pas hasarder un pied dans ce sable mouvant.

« Eh bien vas-y, dit Francis. J'aimerais beaucoup connaître tes impressions. »

Jeff protesta : il n'avait pas « l'œil ».

« L'œil ? Conneries. La seule chose qu'il faut, c'est le courage de tes convictions.

— Mais tout le monde parle de votre œil. *Vous-même*, vous parlez de votre œil.

— Uniquement parce qu'il serait impoli de parler de mes couilles, répliqua Francis. C'est de l'art. Je suis capable de hisser n'importe quelle œuvre au statut de chef-d'œuvre, comme de la rabaisser à celui de gribouillis. »

Jeff prit les diapositives. « Vous voulez que j'en fasse des chefs-d'œuvre ou des gribouillis ? demanda-t-il.

— Dis-moi simplement ce que tu en penses. Est-ce qu'elle a ce qu'il faut ou pas ? »

Jeff réexamina les images, levant les diapositives dans les rayons de soleil qui filtraient à travers la fenêtre. « Les corps sont presque géométriques, dit-il, et semblent confinés dans le cadre carré comme dans un cube de verre. Il en ressort une sensation claustrophobique. Mais les textures de la peau sont d'une grande complexité, elles créent une ouverture, présentent quelque chose à voir au spectateur, qui à travers elles peut échapper à la claustrophobie... »

Francis était debout à côté de lui et regardait lui aussi les diapositives.

« Rappelle-moi de te charger de la rédaction des textes du prochain catalogue, dit-il.

— Celui de la prochaine exposition d'Astrid ? »

Francis éclata de rire, presque un toussotement.

« Astrid sait peindre, fit Francis, mais elle ne maîtrise pas encore son travail, si tu vois ce que je veux dire. »

C'était le sentiment qu'avait eu Jeff en les voyant la première fois. Il avait cru que c'était plus une question de souffle et d'intention que d'originalité. Mais il se sentit stimulé à l'idée qu'il avait perçu dans une œuvre d'art quelque chose qui recoupait le point de vue autrement plus avisé et aguerri de Francis. Ce fut la toute première fois qu'il eut l'intuition qu'il pourrait un jour développer son œil, avoir véritablement le sien, pas un euphémisme pour « couilles », pour cette faculté à imposer son opinion indépendamment de la qualité intrinsèque de l'œuvre, mais un véritable sens esthétique. Sens que Francis lui-même possédait, malgré ses remarques autodépréciatives et ses tactiques dominatrices.

Francis réunit les diapositives et les rangea dans la petite boîte. En replaçant le couvercle, il soupira, et Jeff crut qu'il se préparait déjà mentalement à affronter Astrid, et à une discussion inévitablement insipide et sournoise sur son art.

Mais il n'avait pas fait venir Jeff dans son bureau pour avoir son avis sur le travail d'Astrid. Francis souhaitait que Jeff l'accompagne chez Sotheby's, à l'autre bout du pâté de maisons, pour suivre la peinture d'un de ses artistes qui allait être mise aux enchères. Il voulait connaître l'estimation de l'œuvre, le prix final attendu, savoir s'ils avaient déjà des acheteurs potentiels, etc. Jeff lui demanda ce qu'il pensait des collectionneurs qui retournaient leur veste en mettant aux enchères des œuvres qu'ils achetaient à sa galerie.

Francis déclara qu'il ne vendrait plus jamais rien à ce collectionneur. Cela dit, de temps en temps, c'était un mal nécessaire pour relancer la machine. L'artiste en question aurait une exposition au printemps, et de bons résultats en salle des ventes pourraient augmenter et la valeur de l'œuvre et l'intérêt du public.

« Et si cette œuvre ne se vend pas bien ? » demanda Jeff.

Francis s'interrompit brièvement pour trouver la meilleure formulation. « Il y a deux sortes d'abrutis en ce bas monde, Jeff. Ceux qui espèrent que tout ira pour le mieux, et ceux qui se préparent au pire. Je n'appartiens ni à l'une ni à l'autre de ces catégories.

— Vous savez qu'elle va bien se vendre ?

— Disons que j'aime éliminer toute incertitude. »

Jeff réfléchit à ces mots durant tout le trajet jusqu'à Sotheby's. Cela devait signifier que Francis avait engagé un acheteur, quelqu'un qui s'assurerait que les enchères grimperaient jusqu'à un certain montant, afin d'augmenter la cote des autres œuvres de l'artiste. Mais que se passerait-il si cet acheteur remportait la vente ? Francis rachèterait-il ouvertement l'œuvre d'un de ses propres artistes ? Peut-être en avait-il chargé l'un des collectionneurs qu'il connaissait. Jeff y vit une forme de délit d'initiés, mais il peinait à voir qui cela lésait. Si le marché estimait que telle œuvre valait cinq millions de dollars, alors elle en valait cinq millions. Les collectionneurs, qui au printemps en achèteraient d'autres à un prix surévalué, auraient tout intérêt à ce que la cote ne cesse d'augmenter, et veilleraient sans doute activement à ce que ce soit le cas. Le seul cas de figure où l'on aurait été en présence d'une véritable manœuvre frauduleuse, par opposition au système en vigueur dans le monde de l'art, que Jeff considérait comme intrinsèquement frauduleux, aurait été celui d'une bulle spéculative ne reposant sur rien et abandonnée presque aussitôt, qui aurait profité à certains tandis que d'autres n'auraient jamais vu de retour sur investissement. Mais Francis ne se serait pas abaissé à cela : il visait le long terme.

Tandis qu'ils marchaient, il n'avait pas échappé à Jeff que c'était sur ce même trottoir qu'il avait jadis suivi Francis à son insu. Sa situation était à présent si différente qu'il avait quelque difficulté à se remémorer l'intense fébrilité qui s'était emparée de lui en voyant Francis marcher seul, au sec et vivant. Bien que très récente, cette scène semblait remonter à incroyablement longtemps, comme un gouffre étroit mais impossible à traverser et qui n'aurait cessé de s'approfondir, amplifiant d'autant son impraticabilité absolue. Cependant, quelque chose de cette époque révolue subsistait en lui, quelque chose qui n'était toujours pas résolu. Dès qu'il était question de Francis, Jeff se souvenait systématiquement que rien de ce qui avait suivi ne serait arrivé s'il n'était pas intervenu ce matin-là sur la plage. Ce qu'il ignorait, ou ce qu'il n'arrivait pas à trancher, c'est où, quand et comment il pourrait revendiquer ce geste. Pour lors, il continuerait à assister aux répercussions de son acte, ou plutôt à y participer, suivant le nouveau cours de sa vie, tracé par cette rencontre inopportune avec un individu confronté à sa propre mortalité.

À moins qu'il ne trouve la force de garder ce secret à jamais et profite de cette vie qui par un pur hasard était devenue la sienne, pas à titre de récompense – il se refusait à adopter cette interprétation, car elle aurait tout figé – mais par un enchaînement de circonstances issues de sa décision originelle. Il était à présent si facile de présenter cela comme une décision, plutôt que comme une chose qu'il s'était senti obligé de faire – sa noble décision de venir en aide à un inconnu en détresse.

Pourrait-il tout laisser derrière lui, le traumatisme, la confusion, les échos de sa peine de cœur d'avec G, et s'engager pleinement dans cette vie ? S'accrocher à la vieille bouée de sauvetage du *rien n'arrive jamais par hasard* ? En descendant cette rue en direction de Sotheby's, l'ombre de son passé le suivant pas à pas, il s'en crut capable.

L'imposante réception de la salle des enchères était tenue par des employés d'une vingtaine d'années vêtus de costume noir. Ils connaissaient Francis de vue. Jeff et lui se dirigèrent vers les bureaux. Le plafond de l'énorme salle était étonnamment bas. Des gens pianotaient dans leurs cubicules, tandis que plus loin, assis à une longue table, d'autres inspectaient ce qui semblait être des maquettes de catalogues. Francis trouva la personne qu'il recherchait, une trentenaire avec un éclat batailleur dans le regard, et ils passèrent dans une galerie où l'on installait des tableaux en prévision d'une avant-première qui se tiendrait une semaine plus tard.

Francis ne présenta personne à Jeff, et personne ne le salua autrement que par un sourire de pure convenance, bouche close. À travers l'embrasure, Jeff remarqua un homme qui traversait les bureaux, guidé par un cadre supérieur de Sotheby's vêtu d'un impeccable costume noir. Il lui fallut un certain temps pour comprendre de qui il s'agissait. Francis le reconnut simultanément, demanda à Jeff de l'attendre et retraversa les bureaux en sens inverse, les bras grands ouverts, pour aller échanger une poignée de main avec Mick Jagger.

La femme emboîta le pas de Francis, et Jeff se retrouva seul dans la petite galerie emplie de toutes sortes de tableaux, certains encore emballés, d'autres déjà accrochés, d'autres encore posés contre le mur. Une fois de plus, Jeff se surprit à rechercher dans les œuvres présentes un élément susceptible de stimuler au moins une partie de son être. Œil ou pas œil, il fallait bien qu'il ait une opinion sur ces toiles, après tout. Il trouva la peinture de l'artiste de Francis, un épais empâtement travaillé au couteau dans une palette très sombre, ressemblant à s'y méprendre à un bout de terre nue au milieu d'un champ, ou à un tas de compost. L'estimation n'avait pas encore été rendue publique.

À l'autre bout de la galerie, une œuvre imposante attira alors son attention : il s'agissait d'un diptyque calé contre un mur. Jeff fut attiré non seulement par ses dimensions monumentales, mais également par sa complexité, son énergie, ses dynamiques, et son apparente nature, irrésolue et irrésoluble. Il ne le regarda pas : il l'observa. Il laissa ses yeux en parcourir la surface, saisir les traînées marron sombre, bleues, jaunes, orange, lavande et blanches ; les amas, les gouttes, les gestes vigoureux, les accidents, la façon dont la partition entre les deux panneaux sectionnait le nuage suspendu, ou la masse informe, ou l'explosion, donnant l'impression que le côté gauche et le côté droit avaient été réalisés à des moments différents, selon des perspectives différentes, les coups de pinceau ne se prolongeant pas tout à fait d'une moitié à l'autre, le panneau droit évoquant un agrandissement du gauche, décentré de trente centimètres vers le haut. Les toiles se recoupaient presque, et par l'équilibre des masses de couleur et des traits, l'image générale était presque symétrique, de sorte qu'à bien y réfléchir – chose qu'il ne devait faire que bien, bien plus tard – la dynamique générale de l'œuvre reposait en partie sur un effet qui rappelait l'impression qu'on peut avoir quand on louche, ou quand on regarde à travers deux verres de correction différente, ou quand, pour une raison quelconque, nos deux yeux sont découplés. C'était une diplopie, une vue en parallaxe, une image qui refusait de se résoudre en une seule perspective. Les nombreuses fois où il repensa à cet instant par la suite, il éprouvait toujours les mêmes palpitations qu'il avait ressenties lors de cette première contemplation, et quels que soient ses efforts pour amoindrir cette réaction, il échouait systématiquement. Ce n'est qu'après avoir passé un temps plus qu'indéterminé planté sur place qu'il eut l'idée de lire le cartel pour savoir qui avait réalisé cette œuvre. « Joan Mitchell. Peinte en 1986 ». La simplicité de ce nom et cette date récente ne correspondaient pas pour lui à l'idée de génie artistique qui, ainsi qu'on le lui avait enseigné, provenait toujours d'un autre pays et d'une époque reculée. L'estimation semblait trop basse pour une œuvre aussi profonde, en tout cas en comparaison des chiffres qu'il voyait passer à FAFA, bien qu'en replaçant la somme dans un contexte réaliste, il ne put que constater que l'estimation basse équivalait pour lui à dix ans de rémunération. Et pourtant, cela pouvait paraître ridicule, mais même ainsi le prix lui semblait trop bas. Au milieu de ce gigantesque écart entre le prix et la valeur, il sentit qu'il se recalibrait. Et dans le champ de force créée par le diptyque, il sentit poindre les balbutiements de son œil, un œil rien qu'à lui.

Francis entra dans la galerie, débordant d'énergie après son échange avec Mick Jagger. Il se campa à côté de Jeff, qui n'avait toujours pas quitté l'œuvre des yeux.

« Beurk », déclara Francis.

45

« Ça ne lui plaisait pas du tout ? » demandai-je.

Jeff confirma : « Mais ce fut la première fois que j'expérimentai le sublime dans une œuvre d'art. » Il prononça le mot *sublime* les yeux fermés, avec révérence. « Je lui ai demandé ce qu'il n'aimait pas, et il me donna pour seule réponse : "expressionnisme abstrait deuxième génération", ce qui pour moi ne signifiait rien, mais que j'interprétai (très judicieusement) comme le signe que son "beurk" avait surtout à voir avec la faible demande pour ce genre d'œuvres. Le plus marrant, c'est que si j'avais bénéficié des fonds nécessaires, et que je m'étais fié à mon œil, ou à mes tripes, ou je ne sais quoi, j'aurais pu à terme revendre ce diptyque dix fois sa valeur d'achat. Tu vois, j'avais un instinct assez sûr. Seulement à l'époque, je l'ignorais encore. »

La vitesse à laquelle il passait de l'esthétique au mercantile était déconcertante.

« Francis avait vu cela en toi, dis-je.

— Si c'est vrai, ce ne fut pas par perspicacité. Francis était incapable de voir autrui, de *vraiment* le voir. C'était à la fois son superpouvoir et sa plus grande faiblesse. L'une des conséquences de ce trait, c'est qu'il ne m'a jamais vu pour ce que j'étais. À mon sens, la seule différence dans mon cas, par opposition aux gens qu'il manipulait sans vergogne comme des outils ou des pantins, c'est qu'il voyait en moi un miroir. Un miroir qui le ramenait à une époque révolue de sa vie.

— Penses-tu que le fait d'échapper de peu à la noyade lui a rendu sa propre mortalité très préoccupante ?

— Ça ne fait aucun doute. Un jour, il m'a pris à part à la galerie (il était en train d'expliquer quelque chose, et Marcus et Andrea n'étaient pas assez concentrés à son goût), il m'a pris à part pour me dire qu'il était vraiment revigorant d'avoir près de lui quelqu'un capable d'absorber ses grandes leçons. Comme si j'étais une éponge. Et je crois que c'était vraiment ainsi qu'il me voyait, comme une éponge, la meilleure chose qu'il pouvait souhaiter, à l'exception du téléchargement de sa propre conscience dans un superordinateur. Chose qu'il n'aurait pas hésité à faire s'il l'avait pu. L'immortalité numérique, c'était une de ses marottes. C'était une question que personne n'évoquait à l'époque, à part dans les auteurs de science-fiction. Francis n'acceptait pas l'idée que tout ce qui se trouvait dans sa tête – ses opinions, ses impressions, ses souvenirs – disparaîtrait un jour.

— Le fait d'être constamment entouré d'artistes ne devait pas arranger les choses », dis-je.

Jeff porta son verre à ses lèvres, oubliant qu'il était vide.

« Je suppose qu'il avait besoin d'une soupape, fit-il.

— Qui n'en a pas besoin ? »

46

À l'occasion des dîners dominicaux, Francis traitait de plus en plus Jeff comme un confident. Une nuit où ils avaient bu plus qu'à l'accoutumée, profitant de ce que Chloe et sa mère étaient dans la cuisine, Francis invita Jeff à se joindre à lui dans le salon pour fumer des cigares cubains. Il voulait parler un peu. C'était à un moment où, à la galerie, Marcus essayait de s'imposer un peu plus, exhibant quasi quotidiennement sa raquette de squash et jouant de son statut hiérarchique supérieur vis-à-vis de Jeff à la moindre occasion. Francis en avait eu vent et cela ne lui plaisait pas, mais pas à cause du comportement de Marcus. Ce qui le dérangeait, c'était que Jeff ne se défende pas.

« Tu devrais davantage te donner les moyens de réaliser tes désirs, dit-il. Tous tes désirs. C'est à ça que sert la jeunesse, Jeff. Tu es un mec bien, je le sais, je l'ai su dès notre première rencontre. Mais il faut que tu comprennes qu'il n'existe ni bien ni mal : il n'y a que de l'avantageux, et son contraire. »

Jeff écoutait, en veillant principalement à donner l'impression qu'il aspirait à suivre les conseils de Francis, alors qu'en réalité la véhémence de ses propos lui donnait envie de détourner la tête. Ses yeux larmoyaient.

« Il n'y a aucune raison d'être quelqu'un de bien, Jeff. Je peux te le dire en toute honnêteté. Aucune. »

Il parut se perdre un instant dans ses pensées, et lorsqu'il reprit la parole, ce fut d'un ton plus calme, mais dans un registre bien plus sérieux.

« Je suis mort, une fois, dit-il. Vraiment mort. On a dû me ramener à la vie.

— Oh mon Dieu, souffla Jeff.

— Et tu sais ce qu'il y a, de l'autre côté ?

— Non.

— Rien.

— Ah.

— Pas de lumière blanche, pas de grands-parents, pas de saint Pierre, pas de Satan. Rien que le vide. Le néant. Je nageais dans la mer. » Il fixait les yeux de Jeff avec une féroce intensité. « À mon rythme. Je n'ai jamais été un nageur particulièrement rapide. J'ai toujours forcé, un peu comme dans la vie. » Il éclata de rire. « Et puis l'instant d'après, je me retrouve sur le sable, en train de tousser et de recracher de l'eau de mer. Avec sans doute les mêmes sensations qu'un bébé qui voit le jour. Je suis sur cette putain de plage, entouré d'ambulanciers qui me sanglent pour me conduire à l'hôpital. Un hôpital rempli de médecins qui n'ont pas la moindre idée de ce qui a bien pu se passer, si ce n'est que mon cœur s'est arrêté. Pourtant ç'aurait été sympa de savoir, pas vrai ? Ces deux-là », il pointa alors le doigt en direction de la cuisine, « m'interdisent de nager depuis. »

Jeff avait les mains moites. La fumée de cigare lui piquait les yeux. Francis le dévisagea en silence, tira sur son cigare, la braise rougeoya dans la pénombre du salon. Attendait-il que Jeff réagisse, qu'il lui dise que lui aussi s'était trouvé sur cette plage, que c'était lui qui l'avait sauvé, ou le regardait-il ainsi uniquement pour s'assurer qu'il assimilait bien son message ? Jeff imita Francis, tira sur son cigare, et la tête lui tourna.

« Ç'aurait pu être la fin pour moi, dit Francis. S'il n'y avait pas eu quelqu'un... »

Jeff s'excusa pour filer aux toilettes où il vomit son dîner.

Chloe arriva aussitôt avec un verre d'eau, admonestant son père d'avoir rendu malade son petit copain. Francis ricanait dans la pièce voisine, disant que Jeff était seul responsable, c'était un grand garçon, Francis ne l'avait forcé à rien. Alison le réprimanda de la cuisine, Francis répliqua. Jeff posa le front sur la lunette des toilettes tandis que Chloe lui caressait les cheveux.

47

« Veuillez m'excuser. » Saskia de la réception se matérialisa devant nous. « Votre vol est à nouveau programmé, mais il faut à présent trouver un nouvel équipage. Vous partirez donc bien ce soir, mais il faudra faire preuve d'encore un peu de patience. »

Nous la remerciâmes, et elle repartit en quête des autres passagers de notre vol.

Le soleil avait disparu à l'horizon. Il faisait presque totalement noir dehors. Les avions et les véhicules de service étaient illuminés, mais là où le paysage présentait des gouffres sombres, la baie vitrée reflétait notre image.

« À ton avis, Francis savait ?

— C'est possible. Tout est possible. À l'époque, quand l'anxiété et la paranoïa s'emparaient de moi, j'étais convaincu qu'il savait. Sinon pourquoi se serait-il à ce point intéressé à moi ? Et puis je parvenais à me rassurer. Je me rappelais que je sortais avec sa fille, que je lui rappelais le jeune homme qu'il avait été, que j'étais presque comme le fils qu'il n'avait jamais eu, et ainsi de suite. J'en conclus que cela variait selon mon propre niveau d'estime. Quand je me jugeais digne de l'attention de Francis, alors il me paraissait évident qu'il ne se souvenait pas de moi, sur la plage. Quand je m'en trouvais indigne, je ne voyais pas d'autre raison qui aurait pu expliquer qu'il veuille à ce point me garder près de lui.

— Et qu'en penses-tu maintenant ?

— Je crois qu'à ce stade de notre relation il devait savoir, tout au fond de lui. Mais purement inconsciemment.

— Ce qui expliquerait cet a priori positif à ton égard.

— Exactement.

— Mais tu n'as pas insisté ? Tu ne lui as pas demandé qui l'avait sauvé ? »

Jeff secoua la tête. « Je n'ai pas osé. Nous venions à peine d'atteindre une sorte d'équilibre, une espèce de dynamique familiale, si tu veux. Je n'avais jamais connu cela de ma vie, ce qui explique pourquoi je ne savais pas trop comment l'appréhender, et puis plus généralement, il est toujours difficile de se dire que tout va bien, c'est pareil que pour la santé, on finit tellement par considérer que c'est un dû qu'on ne voit plus la chance qu'on a. Néanmoins, je savais que si je révélais le rôle que j'avais joué dans le sauvetage de Francis, tout se serait écroulé. Je suis sûr qu'il aurait exprimé sa reconnaissance, mais la façon dont je m'étais immiscé dans sa vie – même en clamant qu'elle n'était que la simple manifestation de la plus pure contingence – m'aurait immanquablement valu une méfiance totale.

« Cette nuit-là, j'avais fait une crise d'angoisse. Même la musique en fond sonore (c'était du jazz, la même compilation de morceaux de Charlie Parker que j'avais diffusée à la galerie) s'était dissoute dans le chaos, les notes s'écroulant les unes sur les autres, arrachées au tempo. Agenouillé là, sur le carrelage de la salle de bains des Arsenault, le front sur la lunette froide, Chloe en train de me caresser les cheveux, sentant mon anxiété refluer progressivement, je pris soudain conscience que la source de cette crise n'était pas l'allusion de Francis à son sauvetage, ni la crainte de revivre cet événement qui, pour reprendre tes mots, m'avait traumatisé. La véritable source, c'était la peur naissante à l'idée que cette épreuve avait fait de moi un monstre de dissimulation et d'égoïsme comparable à Francis lui-même, comme s'il m'avait contaminé à l'instant où j'avais posé ma bouche sur la sienne, et que par quelque opération d'une justice cosmique tout serait un jour révélé, et que tout ce qui m'entourait, tout ce que j'avais dernièrement mis en place et que, sans le moindre désir conscient ni la moindre intention malveillante, je chérissais à présent, tout me serait soudainement arraché. »

48

Tout était effectivement sur le point de basculer, mais pas à cause de Jeff, pas à cause de son secret, de son action ou de son inaction. Pas même à cause de sa complaisance, son désir de confort, cette volonté qu'il avait que rien ne change. Non, leur vie allait être chamboulée à cause d'un autre secret, un secret que Francis avait gardé pour lui.

Un soir, Chloe appela Jeff. Elle sanglotait. Elle lui dit qu'elle venait d'être agressée. Il lui demanda comment elle allait, si elle avait appelé la police, s'il devait prendre sa voiture et la rejoindre au plus vite. Verbalement, précisa-t-elle, j'ai été agressée verbalement. Il lui demanda qui l'avait agressée, et où, et pourquoi, et à nouveau lui demanda si elle allait bien. Elle lui répondit qu'elle se sentait mal, perdue et en colère. Elle était allée à une fête organisée par des étudiants en master d'art quand une femme, elle-même étudiante en master, l'avait prise à part. Elle ne connaissait pas cette personne – elle l'avait déjà croisée, bien évidemment, comme tous les autres étudiants de son année, mais elles ne s'étaient jamais parlé. La jeune femme tremblait, au bord des larmes. Elle lui dit qu'elle s'appelait Astrid.

L'estomac de Jeff se noua. Astrid ? Il lui demanda à quoi elle ressemblait. Chloe lui dit que ça n'avait pas d'importance, qu'elle était mignonne, trop maigre, à peu près le même âge que Jeff, quelques années de plus, les cheveux n'importe comment.

À l'écart du cœur de la fête, dans une alcôve à côté de la cuisine, Astrid demanda à Chloe si son nom de famille était bien Arsenault.

« Oui, répondit Chloe.

— Ton père s'appelle Francis Arsenault ?

— Oui.

— C'est un salaud », lui dit Astrid. Puis elle lui raconta en détail comment son père l'avait menée par le bout du nez, en exprimant de l'intérêt pour son travail artistique, en lui disant quasiment qu'il allait la faire entrer dans sa galerie, lui monter une expo, ou en tout cas montrer une de ses œuvres dans une exposition collective, ou accrocher ses toiles dans la petite salle du fond. Il avait visité son atelier, lui dit-elle. Et elle s'était donné beaucoup de mal pour mettre tout ce qu'elle avait en elle dans ses nouvelles créations, pensant – non, sachant – tout du long qu'elles, ou en tout cas que l'une d'elles, seraient exposées à FAFA dans l'année à venir.

Astrid était dans un état second, sa voix tremblait. Chloe tâcha de trouver un moyen de s'extirper de cette situation. On ne l'avait jamais prise à partie sur les décisions professionnelles de son père, et elle n'aurait jamais dû l'être de sa vie. Astrid avait la bouche de plus en plus pâteuse, elle s'en rendit compte, et poursuivit en articulant exagérément chacune de ses phrases.

Chloe chercha des yeux un autre étudiant en master afin qu'il lui confirme qu'Astrid avait dépassé les bornes, mais personne ne la remarqua. Pourtant elle sentait des regards braqués sur elle, comme si certains savaient ce qui était en train de se passer, ce qui allait arriver, et se réjouissaient en secret d'assister à ce suicide professionnel, car même si Chloe n'était pas encore active dans le milieu, même si elle ne pouvait ni échapper à Astrid, ni lui répondre ni la faire taire, elle n'hésiterait pas une seconde à relater l'événement dans sa totalité à son père.

FAFA était censé présenter son travail, poursuivait Astrid, c'était ce qui avait été convenu, une partie de ce qui avait été convenu, il ne pouvait pas prétendre le contraire à présent, peu importait qu'ils n'aient pas scellé le marché d'une poignée de main, qu'ils n'aient rien couché sur papier, il le lui avait promis, et puis de toute façon – Astrid s'immobilisa soudain curieusement, comme si elle s'apprêtait à porter l'estocade – il savait parfaitement, il ne pouvait pas ne pas savoir que s'il n'avait pas été qui il était, sans son pouvoir, sans son charisme, sans son carnet d'adresses, jamais, jamais elle n'aurait accepté de baiser avec lui.

Au téléphone, Chloe renifla. « C'est dégueulasse, non ? » demanda-t-elle à Jeff.

Jeff lui demanda à son tour s'il était possible qu'Astrid mente, ou qu'il s'agisse d'un canular. Il posa cette question sans conviction, ayant tout compris à l'instant où il avait vu Francis poser sa main sur celle d'Astrid au restaurant Mr Chow, mais inconsciemment, il avait espéré malgré lui que tout cela s'effacerait, il aurait voulu revenir à ce moment où il avait décroché le téléphone et entendu les sanglots de Chloe.

Si c'était un canular, répondit Chloe, alors Astrid était une sacrée comédienne. Elle lui avait jeté au visage toute sa colère, toute sa douleur et toute sa frustration, sans la moindre retenue. Elle voulait tout faire voler en éclats, quitte à ne pas y survivre.

Jeff repensa aux œuvres d'Astrid, aux diapositives qu'il avait vues. Comment avait-elle pu se convaincre qu'elle était prête pour une exposition chez FAFA ? Ne comprenait-elle pas que les critiques l'auraient taillée en pièces ? Ou faisait-elle partie de ces gens qui n'ont aucun talent pour se remettre en question, était-elle si persuadée de ses qualités qu'elle prenait tout « non » pour un affront, simplement parce que, selon elle, cela allait à l'encontre de ce qui aurait été évident pour toute personne dotée d'une paire d'yeux fonctionnels, à savoir que ses œuvres étaient géniales ? Elle avait effectivement fait preuve d'une grande arrogance lors du dîner, et plus tard lorsqu'elle était venue déposer ses diapositives. Jeff s'étonnait qu'elle se soit effondrée ainsi, en public, mais il est vrai que ce genre d'individus est souvent plus fragile qu'il n'y paraît. Plus durs, mais plus friables.

« Tu sais, dit Jeff, si tu gardes ça pour toi, Astrid n'aura aucun pouvoir sur la situation.

— C'est vrai.

— Faire l'inverse, ce serait jouer son jeu. »

Chloe s'éclaircit la gorge. Jeff n'entendit plus rien pendant un instant. Puis : « Je n'arriverais plus à regarder ma mère en face. Ma mère et mon père en face. Si je garde le secret, je veux dire. Je dois au moins donner une chance à mon père de se défendre, non ? Et si elle a vraiment tout inventé ?

— C'est possible, dit Jeff.

— C'est un peu s'autoconvaincre tout de même.

— On ne peut pas savoir, fit Jeff.

— Oh si, moi je sais. »

Elle repensa à l'idée de garder le secret. Elle en aurait

été incapable, elle en était convaincue. Elle ne pouvait porter seule quelque chose d'aussi pesant, quelque chose qui pouvait tout bouleverser, une vérité, une vérité potentielle, qu'il fallait, à son sens, laisser éclater au grand jour. C'était comme un pic-vert qui frappait du bec contre la paroi intérieure de sa boîte crânienne. Elle allait tout dire, elle devait tout dire, elle décrirait toute la scène, simplement, sans laisser entendre si elle croyait ou non ces allégations.

Jeff lui demanda si elle s'inquiétait de la réaction de Francis. Tous deux savaient dans quel état il pouvait se mettre quand il se fâchait.

« Inutile de lui raconter ce qu'il sait déjà, répondit-elle. C'est à ma mère que je vais tout dire. »

49

Chloe se présenta à la porte de Jeff le lendemain, de bon matin, avec l'air de quelqu'un qui n'a pas dormi de la nuit. Elle lui demanda s'il pouvait l'accompagner chez ses parents, pour parler à sa mère. Elle avait besoin de quelqu'un à ses côtés, et elle savait que c'était le jour de congé de Jeff. Il lui dit que c'était le moins qu'il puisse faire, bien qu'il redoutât ce qui s'ensuivrait. Ils prirent la vieille Volvo pour se rendre à Santa Monica.

Francis était déjà parti à la galerie. Quand ils se furent garés dans la rue, Chloe demanda à Jeff si ça ne le gênait pas de l'attendre dans la voiture. Elle n'avait finalement pas envie qu'il soit présent lorsqu'elle révélerait tout à sa mère, mais elle voulait qu'il reste dans les parages. Il s'efforça de cacher son soulagement à l'idée qu'il lui était permis de rester loin de l'épicentre.

Elle se ressaisit, le regarda droit dans les yeux, et lui adressa un « Merci beaucoup » un peu formel. Puis elle traversa la rue et entra chez ses parents.

Jeff attendit patiemment, vitres baissées, moteur éteint mais autoradio allumé, branché sur 91.5 KUSC, la station classique. Il ne distinguait rien à travers la baie vitrée de la maison. Il était impossible de savoir si la conversation entre Alison et Chloe se tenait dans le salon : le soleil transformait les vitres en miroir.

Un pick-up vint se garer juste devant lui, et un jardinier en sortit. À l'aide de petites rampes de bois qu'il fixa au hayon, il déchargea sa tondeuse à gazon. Jeff sentit l'odeur de l'essence et de la pelouse coupée. Le jardinier démarra la tondeuse, et Jeff remonta les vitres.

Il essaya d'imaginer ce qui se passait dans la maison. Alison entrerait-elle dans une colère noire ? Décrocherait-elle aussitôt son téléphone pour appeler Francis, afin qu'il lui confirme ou lui infirme les propos d'Astrid ? Il avait du mal à se la représenter ainsi, mais, pour être honnête, il ne l'avait jamais vue confrontée à une nouvelle aussi dévastatrice.

Sa tâche achevée, le jardinier rangea sa tondeuse et partit au volant de son pick-up. Jeff rabaissa les vitres. Il commençait à redouter que Chloe l'ait oublié, mais il ne pouvait pas se permettre de s'en aller. Aller frapper à la porte, c'était la solution la plus logique, mais il n'arrivait pas à s'y résoudre. S'imposer dans son intimité aurait été aussi malvenu que disparaître sans rien dire. Pourtant, il était hors de question de passer toute la journée assis à son volant.

Pour Chloe, si. Il fit basculer son dossier en arrière et ferma les yeux.

Il se réveilla en l'entendant ouvrir la portière. Elle monta, et il comprit à sa contenance qu'elle n'était pas aussi tendue qu'à leur arrivée. Ses yeux étaient encore légèrement bouffis, ses cheveux toujours en bataille, mais elle n'était plus en proie à la panique. Il posa la main sur sa cuisse et elle posa sa main sur la sienne. Il lui demanda comment cela s'était passé.

« Elle a voulu tout focaliser sur moi », répondit Chloe.

Après que sa fille lui eut raconté cette confrontation brutale avec Astrid, Alison avait réagi comme si la première lésée était Chloe. Comme si ce qui s'était passé n'avait aucun lien avec elle. Elle avait fait du thé, avait demandé à Chloe si Astrid l'avait frappée, ou s'en était prise physiquement à elle, de quelque façon que ce soit. Elle avait demandé à Chloe si elle se sentait en sécurité dans sa fac.

Chloe n'en revenait pas, mais pour Jeff, c'était tout à fait logique. L'Alison qu'il connaissait, celle qui gagnait sa vie en garnissant le nid de ses clients, se distinguait par son attention aux autres.

Chloe avait dû se répéter afin de recentrer la discussion sur son père et son infidélité. Sa mère lui avait alors dit que ça ne concernait que Francis et elle. Impuissante face au sang-froid de sa mère, Chloe lui avait demandé si elle ne se sentait pas en colère, ou blessée, ou perdue, maintenant qu'elle savait ce qui était arrivé. Pourquoi ne lui montrait-elle pas ses émotions ? Après tout, elles étaient toutes deux adultes.

Sa mère lui répondit qu'elle avait déjà été assez exposée ainsi.

Chloe lui demanda si son père avait déjà agi de la sorte auparavant. Sa mère lui répéta que certaines choses ne concernaient que Francis et elle, et que c'était pour le mieux ainsi.

Puis suivit une conversation un peu artificielle sur les cours de Chloe.

Juste avant le départ de Chloe, sa mère lui dit qu'elle avait raison. Elle était adulte, et elle acceptait de la traiter en tant que telle. Son père avait brisé des promesses par le passé, et elle n'était pas surprise que ce soit de nouveau le cas, surtout maintenant, avec la Porsche et toutes ces idioties. C'était à la fois prévisible et inattendu. Elle était profondément blessée, elle ne pouvait le nier. Mais ce qu'elle pouvait endurer n'était rien en comparaison du fait que Francis, même si c'était par accident, même si c'était le hasard des circonstances, avait mêlé Chloe à cette sombre histoire.

Pour cette raison Alison ne pourrait pas lui pardonner.

50

Chloe décida de passer quelque temps chez Jeff. Elle tenait à être plus près de chez ses parents, au cas où sa mère aurait besoin d'elle. Elle évita également l'USC et toute situation où elle serait susceptible de recroiser Astrid. Elle parlait tous les jours à sa mère au téléphone, sans faire part des avancées à Jeff. Plus aucune révélation ne devait filtrer de cette relation mère-fille nouvellement renforcée.

Au travail, Jeff se dit que la meilleure chose à faire était de se comporter comme d'habitude, de faire ce qu'il était censé faire, en gardant ses distances vis-à-vis de l'événement. Selon la version officielle, Francis avait dû partir précipitamment à New York pour négocier une vente privée. (Lorsque Jeff en parla à Chloe, elle lui dit que c'étaient des conneries. Si sa mère s'était retrouvée seule chez elle, croyait-il que Chloe l'aurait laissée sans compagnie ? Son père était évidemment encore à Los Angeles, terré quelque part, en train d'essayer de sauver son mariage. Francis jouait sûrement le tout pour le tout. *Regarde*, devait-il lui dire. *J'ai tout laissé tomber pour toi.* Il pensait certainement qu'après une période de pénitence suffisamment longue. Alison digérerait tout ça et accepterait qu'il revienne.)

Sans Francis, il régnait dans les bureaux de FAFA un calme singulier. Le chaos de sa vie ne contaminait pas la galerie, à moins de prendre en compte le petit graffiti qui était apparu une nuit sur la vitrine, *arnaqueur*, en grosses lettres cursives, et qui aurait pu aussi bien être l'œuvre du premier vandale venu, une personne indignée par les excès du monde de l'art contemporain ou de Beverly Hills en général. Après un bref débat visant à déterminer si ce graffiti constituait une œuvre d'art en soi, on l'effaça, sans qu'aucun employé de la galerie y voie le moindre lien avec Francis, en tout cas pas dans le contexte d'une aventure extraconjugale.

Marcus et Andrea s'occupaient de leurs ventes, Fiona faisait Dieu sait quoi avec ses archives, et Jeff poursuivait sa mission de numérisation globale. Il n'y avait pas de cris, pas de grandes scènes. Tout fonctionnait plus naturellement en l'absence de Francis. L'équipe développa même une sorte de camaraderie, enfin presque.

Cependant, si tentant qu'il puisse être de s'imaginer que la galerie pouvait fonctionner dans ce calme, aucun de ceux qui y travaillaient n'avait la vision, la *chutzpah*, le je-ne-sais-quoi nécessaire pour la diriger. Avec une équipe pareille, sans Francis à la barre, FAFA ne pouvait que suivre le courant et dériver lentement pendant probablement un an, peut-être dix-huit mois, en fonction du taux d'attrition des artistes et des employés. Ils monteraient les expositions déjà prévues, vendraient aux collectionneurs qui avaient déjà des artistes dans leur ligne de mire, mais après cela, comme n'importe quelle autre société fondée sur le culte de la personnalité de son dirigeant, FAFA ne serait plus que l'ombre d'elle-même, et finirait par disparaître.

51

Un matin, Jeff trouva un mot sur son bureau. Francis était revenu. Il était déjà dans son bureau, et il voulait le voir sur-le-champ.

Jeff traversa le couloir, sans savoir ce qui l'attendait.

Francis arborait l'expression d'un homme qui, matin après matin, supplie que l'on reporte la date de son exécution. Comme Jeff se l'était imaginé, Alison mettait un point d'honneur à le faire souffrir autant que possible. Il se demanda ce qui était arrivé pour qu'il reprenne le travail. Avait-elle commencé à fléchir, à lui pardonner ?

« Entre, dit Francis, et ferme la porte. »

Jeff s'assit, dans l'attente, sans savoir ce qu'il devait dire ni comment il devait se comporter.

« Comme tu le sais sûrement... » fit Francis.

Jeff opina.

« J'ai fait un faux pas. Rien d'irréparable. »

C'était une façon de voir les choses, songea Jeff.

« J'aime ma femme, dit Francis. Je l'aime profondément. Je ne serais pas l'homme que je suis sans elle. » Il remua dans son fauteuil. « Cela étant dit, si elle devait me quitter, comme elle en a le droit, sans parler du fait qu'elle a toute raison de le faire, je saurais survivre à l'absence de son affection. »

C'était une façon bien étrange de présenter la situation.

« Néanmoins, dit Francis avant d'observer une courte pause, me voir privé d'amour filial, cela, je ne pourrais le supporter. »

Il était évident que Francis avait réfléchi au préalable à ce qu'il allait dire, et qu'il avait tourné et retourné cette phrase dans sa tête, l'avait corrigée, l'avait révisée, l'avait condensée pour qu'elle ait plus de force. Mais du point de vue de Jeff, elle était si abstraite qu'elle confinait presque à l'incohérence. Il n'en dit cependant rien.

« Chloe, clarifia Francis.

— Soit.

— Je ne l'ai pas perdue, n'est-ce pas ? »

Jeff se sentait mal placé pour parler au nom de Chloe, mais le regard pénétrant de Francis exigeait de lui une réponse.

« Je ne pense pas, dit Jeff.

— Peu importe ce que tu *penses*, rétorqua Francis. Alison lui parle au téléphone tous les jours, Dieu sait ce qu'elles peuvent se dire. Nous allons nous en sortir, d'une façon ou d'une autre, mais je ne tolérerais pas qu'Alison dresse Chloe contre moi, si c'est ce qui se passe lors de leurs conversations, et tout porte à croire que c'est le cas. Je dois en avoir le cœur net. Il faut que tu en parles à Chloe afin de savoir quel parti elle a pris. Peux-tu faire cela pour moi ? »

Jeff accepta.

Estimant qu'il avait trouvé un allié, Francis parla plus librement.

« Alison m'en veut d'avoir mêlé Chloe à tout cela. Elle a utilisé l'adjectif *impardonnable*. Et elle a beaucoup pardonné par le passé, inutile que je m'attarde là-dessus. Elle refuse d'entendre raison, Jeff. Je n'ai pas impliqué Chloe. C'est par un pur concours de circonstances que cette petite Astrid de rien du tout se trouve en master à USC : ce n'est pas pour ça que j'ai jeté mon dévolu sur elle, je ne rôdais pas sur le campus quand je l'ai rencontrée, je croyais même au début qu'elle était plus âgée, tu as bien vu comment elle se comporte. Et pour ma défense, elle est plus âgée : à voir la réaction d'Alison, on croirait que je me tapais une première année. Quoi qu'il en soit, lorsque Astrid et moi avons commencé à nous voir, j'ai tout de suite compris qu'elle et Chloe seraient susceptibles de se croiser, raison pour laquelle nous avons été d'une exceptionnelle discrétion dans notre... relation. »

Jeff se souvint de Francis attendant l'ascenseur de l'hôtel, un article de lingerie à la main.

« En tout cas une discrétion bien suffisante. Tu t'es douté de quelque chose au dîner donné en l'honneur d'Alex Post ?

— Je me suis posé la question. »

Francis parut surpris, puis se ressaisit. « Mais Chloe n'était pas présente, pas vrai ? Et personne n'aurait été susceptible de le lui dire, excepté toi, bien entendu, mais jamais tu n'aurais eu l'idée de te foutre dans un tel merdier, n'est-ce pas ? »

Jeff secoua la tête.

« Non, tu sais quand te taire », dit Francis. Une fraction de seconde, quelque chose dans son regard aurait pu dénoter un sens plus profond caché dans ces mots, mais Francis revint presque aussitôt au cœur du sujet principal. « De mon point de vue, malgré le fait qu'elles partagent un espace de vie commun, Chloe et Astrid appartenaient à des sphères distinctes, hermétiquement séparées l'une de l'autre. Il faut toujours s'attendre à des fuites dans ce genre d'affaires : elles sont tout simplement impossibles à éviter. Ce n'est pas la première fois que ça m'arrive, mais à aucun moment je n'ai cru que Chloe se retrouverait au beau milieu de tout ça. J'aurais dû faire preuve de plus de prudence, je m'en rends compte à présent, si j'avais ne serait-ce qu'une seconde redouté qu'une chose pareille arrive, je me serais montré mille fois plus prudent. Mais comment aurais-je pu prévoir qu'Astrid réagirait de la sorte en constatant que je ne tombais pas en pâmoison devant ses tableaux certes habiles, mais en définitive complètement merdiques ? Je ne lui ai pas dit non, du reste, si je lui avais opposé un non définitif, j'aurais pu comprendre un peu mieux sa réaction. Je lui ai donné du *pas maintenant*, du *pas encore*, du *j'y vois beaucoup de potentiel*, du *continue comme ça*. Mais elle a explosé.

« Tu sais ce qu'elle a dit ? *Je comprends maintenant ce qui était vraiment en jeu*. Ç'a été ses mots. Comme si je l'avais menée en bateau, alors que, je tiens à être parfaitement clair là-dessus, ça n'a jamais été le cas. J'aurais fini par exposer ses œuvres, à un moment ou un autre. Je l'aurais fait. Elle aurait fini par y arriver, et j'aurais montré le fruit de son travail, même si tout avait été terminé entre nous. Je l'aurais fait. »

Il répétait cette phrase, non pour en convaincre Jeff, mais lui-même.

« Un semblant de rejet poli, et cette petite conne imbue d'elle-même balance tout. Elle s'est vraiment dit que ce serait une bonne idée d'en faire part à ma fille ? Ce n'est pas ainsi que se comporte une personne stable. Comment a-t-elle pu faire pour survivre aussi longtemps ? Quand je lui ai dit que je n'exposerais pas ses tableaux, elle est partie comme une furie, et j'ai pensé qu'elle se calmerait, qu'elle était dépassée par ses émotions, et qu'elle reviendrait me parler plus tard, mais, au lieu de ça, elle s'est bourré la gueule à une fête et a fait imploser sa carrière en transformant ce qui aurait dû rester strictement professionnel en du personnel. »

Strictement professionnel : Jeff dut contenir un éclat de rire. Francis était pourtant on ne peut plus sérieux. De son point de vue, Astrid et lui avaient joué selon des règles bien établies. Mais Astrid n'avait pas tout compris, ou, mauvaise joueuse, avait renversé le plateau, et c'était elle, la seule responsable de ce qui arrivait, pas le marchand qui lui avait fait miroiter une exposition en échange de quelques cabrioles sous les draps.

À la lumière de ce torrent d'autojustification, Jeff se surprit à considérer les choses du point de vue d'Astrid. Même si son attitude était répréhensible et ses méthodes particulièrement sottes, songea-t-il, son grief paraissait légitime.

52

« Francis croyait donc que tu allais œuvrer dans son sens, Chloe partait du principe que tu étais dans son camp à elle, et toi, tu compatissais surtout avec Astrid ?

— C'était compliqué, répondit Jeff. Vertigineux, même. Francis m'avait pris sous son aile. Et je connaissais déjà l'existence de cette aventure extraconjugale, qui faisait partie intégrante du portrait que je me faisais de cet homme, et qui me ramenait, encore et toujours, au fait que, sans moi, rien de tout cela ne serait arrivé. J'aurais préféré effacer totalement cette réalité, et pouvoir ainsi aborder chaque chose pour ce qu'elle était, mais il était impossible de l'exciser de ma réflexion, je ne pouvais que tolérer sa présence, ou plutôt sa sempiternelle récurrence.

« Mais tu as raison. J'ai dû me poser la question de savoir dans quel camp j'étais, et j'ai abouti à cette conclusion : je voulais être dans le camp de tout le monde. Ou bien neutre. Suisse. C'était ainsi que je me représentais moi-même, quelqu'un de bien, qui pardonne, qui ne garde aucune rancœur, etc. Mais je ne pouvais ignorer la douleur de Chloe, aussi, et malgré la très grande générosité que

Francis m'avait témoignée, tout me poussait naturellement à me ranger sous la bannière de sa fille, et donc par extension, sous celle d'Alison.

« Cependant, Francis voyait en moi si ce n'est un allié, du moins un intermédiaire, un lien entre lui et Chloe, qui refusait systématiquement de répondre à ses appels. Elle refusait également de me parler de son père, mais j'assurai à ce dernier que chaque jour voyait un léger progrès.

— Tu lui as menti ? »

Jeff leva les mains. « Je lui ai soumis une interprétation de ce que je pouvais observer, en soulignant certains aspects, en en taisant certains autres. Raison pour laquelle, lorsqu'il a abordé la possibilité d'un séjour de ski en famille, je lui ai affirmé que Chloe serait assurément partante. »

53

Quand Jeff rentra de la galerie ce jour-là, Chloe venait de recevoir son invitation, et c'était loin de la réjouir. Elle y voyait un moyen pour son père d'acheter sa clémence. Contrairement à sa mère, Chloe avait grandi sans jamais manquer de rien, ce qui l'avait rendue insensible aux tentatives de corruption.

Jeff présenta le séjour en des termes différents, avançant que, selon lui, Francis essayait sûrement de se racheter auprès d'elles, mais peut-être qu'il cherchait surtout à guérir leurs blessures, et les éloigner le plus possible de toute trace qui pourrait les leur remémorer. Chloe lui demanda s'il croyait tout ce que son père pouvait dire. Jeff répondit que non, bien sûr que non.

« Tant mieux, dit-elle. Parce que nous n'irons pas au ski. »

Comment allait-il pouvoir en informer Francis ?

Il n'eut finalement pas à le faire. Alison et Chloe eurent leur conversation téléphonique quotidienne, et, sans qu'il sache comment, Alison convainquit sa fille que ce séjour pouvait s'avérer être une bonne idée, le premier pas vers un véritable processus de guérison. Les failles étaient encore bien ouvertes, bouillonnantes de lave, mais il semblait que Francis et Alison désiraient trouver un moyen d'aller de l'avant, ne serait-ce que pour Chloé.

Ainsi fut-il donc convenu qu'ils partiraient à Val-d'Isère.

54

Jeff n'était jamais allé en Europe, n'avait quasiment jamais skié, n'avait jamais voyagé en première classe. Comme il n'avait pas la garde-robe adéquate, Chloe l'emmena faire du shopping. De toute sa vie, il n'avait jamais autant dépensé pour des habits : une combinaison chic, un joli pull, des sous-vêtements couvrants, un bonnet, des gants et une paire d'après-skis au prix complètement délirant. Tout passa sur la carte de crédit de Chloe, et fut remboursé par Francis. Jeff ne sut si ce niveau de dépense était normal, ou s'il était sciemment punitif.

Il ressentit ce qu'il avait éprouvé la première fois qu'il avait eu accès aux prix des œuvres de la galerie. Certaines personnes disposaient de ce genre de sommes, des personnes qui vivaient parmi nous, mais à un tout autre niveau. Chloe s'était abaissée au sien, allant même jusqu'à minimiser ses facilités financières, mais à présent qu'ils étaient ensemble depuis déjà quelque temps, elle se censurait beaucoup moins. Jeff, lui, ne pouvait s'empêcher de s'interroger sur l'avenir de leur couple. Qui franchirait le fossé financier qui les séparait ? Il était bien plus difficile de chuter que de s'élever, mais il doutait de pouvoir un jour contribuer à leur vie commune ne serait-ce qu'à hauteur d'un dixième de ce que son père lui avait offert.

Une limousine les conduisit à l'aéroport, où ils retrouvèrent Francis et Alison dans le lounge première classe. Jeff avait fait un certain nombre d'allers-retours entre Los Angeles et la Californie du Nord sur des vols de la Southwest Airlines, où le placement dans l'avion était libre. Il se trouvait à présent dans un tout autre univers. Il doutait qu'il puisse un jour s'y habituer. Ou, pour être plus précis, il refusait de s'y habituer, ne serait-ce qu'un peu, sachant – ou croyant – qu'il n'était entré dans ce monde de luxe et de richesse qu'à titre temporaire.

Dans le salon, Francis et Alison étaient assis côte à côte, tous deux manifestement mal à l'aise de se trouver là, ensemble, face à Chloe. Chloe avait clairement expliqué à Jeff qu'elle ne parlait plus à son père, et que cela ne changerait pas. Jeff essaya de faire la conversation, mais chaque tentative échoua lamentablement. Francis alla chercher des rafraîchissements pour Alison et lui. Chloe ouvrit un magazine. Jeff était partagé entre le désir de profiter de ce qui l'entourait et sa profonde gêne de se retrouver dans cette situation.

Cela s'améliora dans l'avion. Chloe et Jeff étaient assis l'un à côté de l'autre, et Francis et Alison avaient été placés quelques rangs devant eux. Les fauteuils étaient larges et confortables. Inclinés, ils devenaient totalement horizontaux. C'était un vol de nuit, et Chloe et Jeff parlèrent encore un peu après l'extinction des feux. Elle lui dit qu'elle respectait la décision de sa mère, mais qu'elle savait d'ores et déjà que ces vacances étaient une erreur.

« Si je pouvais sauter de cet avion, là, maintenant, fit-elle, je n'hésiterais pas un instant. Et j'espère que tu sauterais avec moi.

— Bien sûr », dit-il.

Sa mère voulait que Chloe fasse comme elle, qu'elle pardonne et qu'elle tourne la page, afin de préserver leurs relations, leur famille, en mettant les actes de son père sous le tapis. Mais Chloe n'était pas sa mère, elle n'était pas sujette aux mêmes angoisses, à ce besoin de tout repeindre en rose sans combler les fissures. Sa mère ne comprenait pas son point de vue. Elle ne mesurait pas à quel point l'attitude de Francis lui faisait honte à la fac, elle ne s'imaginait pas les rumeurs qui circulaient à son sujet, les rires que suscitait cette situation, des rires dirigés contre *elle*.

« Tu sais ce qu'elle m'a dit quand j'ai évoqué le fait qu'Astrid était une étudiante ? »

Jeff attendit qu'elle poursuive.

« Elle m'a coupée pour préciser *étudiante en master*. Elle était déjà en train de s'aligner sur mon père.

« Et puis il y a aussi cette question de l'exposition. Est-ce qu'il lui en a vraiment promis une ? Est-ce ainsi que sa galerie fonctionne ? Est-ce ainsi que ma mère et lui se sont mis en couple ? À combien d'autres femmes a-t-il fait le même coup ? Son œil, son œil, on n'entend jamais parler que de son œil. Mais a-t-il un œil pour l'art, ou un œil pour le cul ?

« C'est un dinosaure. Un tyrannosaure dégueulasse d'une espèce qui aurait dû disparaître depuis déjà bien longtemps. »

Chloe essuya ses larmes, mit cet accès sous le coup de l'altitude ou de l'oxygène, et prit les mains de Jeff dans les siennes.

« Il faut que je sache que tu es de mon côté, dit-elle. À cent pour cent.

— À cent pour cent », acquiesça-t-il, en se penchant à travers l'énorme espace qui séparait leurs places pour embrasser ses joues humides.

55

À Val-d'Isère, Francis avait loué un chalet avec majordome et cuisinier. Le petit village ne ressemblait à rien de ce que Jeff avait pu voir jusque-là, coincé au pied de pistes de ski qui semblaient disparaître dans le ciel. Aucune comparaison n'était possible avec les quelques journées de ski partagées avec Emilio et Mark sur les pistes verglacées du mont Baldy. Francis lui dit fièrement, comme si les lieux lui appartenaient, que n'importe quelle station de ski américaine, même Vail, faisait figure de bac à sable à côté de Val-d'Isère. Il avait ces mêmes airs de grand seigneur magnanime lorsqu'ils pénétrèrent dans le chalet, le majordome se chargeant de leurs bagages, mais ni Alison ni Chloe ne lui prêtèrent la moindre attention, et ce fut une fois de plus à Jeff que fut dévolu le rôle de public. Cela ne plaisait pas à Chloe, il le voyait bien, mais il n'avait pas vraiment le choix. Francis poursuivait son monologue, expliquant comment il avait trouvé ce chalet, les difficultés qu'il avait rencontrées pour le réserver, parlant de la tempête qui approchait et de la neige qui serait absolument parfaite. Il répéta ce dernier point à Alison, en faisant porter sa voix dans le couloir. Elle répondit par un « hm hm » évasif.

Chloe n'avait toujours pas adressé la parole à son père, et Francis en était douloureusement conscient. Il prit Jeff à part et lui demanda comment se présentaient les choses. Il s'était attendu à ce qu'elle se montre un peu plus réceptive, vu les retours de Jeff. Ce dernier le rassura : il était sûr qu'elle s'adoucirait après quelques jours passés ici. La situation était plus que tendue lorsqu'ils étaient encore tous à Los Angeles. Cette reprise de contact avec la nature, loin de chez eux, l'amènerait à tout reconsidérer avec sérénité, Jeff en était convaincu. Bien entendu, il ne l'était pas du tout, mais il lui semblait nécessaire que Francis reste dans les meilleures dispositions. Cette réconciliation était possible. Tout était possible.

Le premier soir, il était prévu qu'ils dînent dans un petit restaurant du village de Val-d'Isère où Francis avait réservé, mais Chloe déclina en évoquant le décalage horaire. En outre, ils avaient un cuisinier à leur disposition au chalet. Alison proposa que Francis et elle aillent au restaurant, tandis que Jeff et Chloe s'acclimateraient à leur rythme. Cela ne réjouit pas vraiment Francis, qui croyait avoir déjà plus ou moins reconquis Alison, et désirait à présent pousser Chloe à lui pardonner. Cela semblait être sa seule façon d'interagir avec autrui : mettre la pression jusqu'à obtenir ce qu'il voulait.

Francis et Alison finirent par les quitter et, en se dirigeant vers la porte, Francis décocha un clin d'œil discret à Jeff, de sa paupière mi-close, injonction univoque à préparer le terrain auprès de Chloe. Chloe surprit ce clin d'œil et, aussitôt que la porte fut refermée, elle demanda à Jeff à quoi cela rimait.

Il lui avoua alors qu'il avait tenu Francis informé, qu'il lui avait dit que les choses progressaient dans le bon sens, qu'il était convaincu que Chloe était sur le point de lui adresser à nouveau la parole.

« Comment as-tu pu lui dire cela alors que tu sais que ça n'arrivera pas ? demanda Chloe.

— Jamais de toute ta vie, vraiment ? » rétorqua-t-il.

Ce fut une réponse bien mal inspirée.

« Tu m'as promis que tu serais avec moi à cent pour cent, dit-elle. Comment as-tu pu jouer les espions pour lui ?

— Je veux juste que la paix revienne, répondit Jeff.

— C'est trop tard. »

56

Ils skièrent le lendemain, sous des cieux ensoleillés et sur des pistes parfaitement entretenues. Jeff suivit un cours avec Chloe, qui n'en avait pas besoin mais se joignit à lui afin qu'il ne se retrouve pas seul, un rapprochement, pensa-t-il. Francis et Alison ne skièrent que la matinée, déjeunèrent dans un refuge, puis passèrent l'après-midi à faire les boutiques. Francis avait beau être celui qui les avait tous emmenés à Val-d'Isère, c'était Alison qui décidait de l'emploi du temps.

À plusieurs reprises, Jeff surprit Chloe en train de prendre un vif plaisir à cette escapade, et soudainement, comme si elle se souvenait de la raison de leur présence ici, ses lèvres se flétrissaient en une moue revêche et ses yeux se plissaient. De toute évidence, elle réfléchissait à tout ce qui s'était passé, et gardait tout pour elle. C'était l'une de ses qualités, très proche de la faculté qu'avait sa mère de dissimuler ses sentiments quelles que soient les circonstances. Chloe avait la capacité de choisir le meilleur moment pour réagir aux événements. Jeff était à cet égard son parfait opposé. Il exprimait ce qu'il ressentait sur le moment. Il ne comprenait pas comment elle parvenait à mettre tout en suspens, et il avait toujours les plus grandes difficultés à accepter la phrase « On parlera de ça plus tard ».

Le soir, durant le dîner – ils étaient restés au chalet, où le cuisinier leur avait préparé un *loup de mer**[1] –, alors qu'ils en étaient à leur deuxième bouteille de vin, Chloe déclara qu'elle désirait dire quelque chose à son père. Elle s'adressa à Alison, pas à Francis. Refusant de lui parler directement, elle demanda à sa mère de lui répéter ses propos, ignorant sa présence à la même table, juste en face d'elle.

Au milieu de tout ce gâchis, annonça-t-elle, elle n'arrivait pas à croire que son père ait pu commettre la bassesse de recruter son petit ami en tant qu'agent double, se servant de son poste à la galerie pour faire pression sur lui, et le pousser à l'informer de son état d'esprit. Cela, à ses yeux, ne constituait absolument pas une preuve d'amour – comme était en train de le dire Francis, afin de se défendre – mais un abus de confiance de plus, qui prouvait que son père préférait la contrôler plutôt que lui témoigner – à elle ainsi qu'à Alison – un réel, un véritable respect.

Francis prononça le prénom de sa fille. Celle-ci dit à Alison qu'il n'avait pas voix au chapitre, mais que, puisqu'il était impossible de lui interdire de parler, elle pouvait lui jurer qu'elle se refuserait à converser avec lui. Ni maintenant ni jamais. Francis, tout en regardant Jeff, parvint à articuler un « Mais je croyais... » avant que Chloe l'interrompe pour dire à Alison qu'il avait été mal renseigné, que la colère qu'elle éprouvait contre lui n'avait pas faibli,

1. Les mots en italique suivis d'un astérisque sont en français dans le texte. *(N.d.T.)*

qu'elle n'était toujours pas près de lui parler, et avec la révélation sur Jeff, il était peu probable qu'elle s'y résolve un jour.

Francis tenta un : « Mon seul but était... »

Mais Chloe n'en avait pas fini. « À cause de son désir de plaire, dit-elle, de nous satisfaire nous tous, son petit espion recruté de force était en réalité, à son insu, un agent triple. »

Francis jeta un regard perplexe à Jeff.

« Il n'y a pas eu le moindre progrès, poursuivit Chloe. Il l'a tout bonnement inventé. Les choses auraient pu s'améliorer, ici, durant ce séjour... » Sa voix se brisa alors. « ... mais putain, comment est-ce que je pourrais me fier à qui que ce soit, maintenant ? »

Jeff voulut lui prendre la main, mais elle le repoussa.

« Je veux juste rentrer à la maison, dit-elle.

— Personne ne rentrera », déclara Francis.

Cette nuit-là, Jeff essaya tant bien que mal de se rassurer, de se convaincre que tout rentrerait dans l'ordre avec Chloe, mais à présent qu'elle s'était enfin exprimée, il ne pouvait pas faire comme si elle ne lui en voulait pas atrocement. Faire machine arrière était dorénavant impossible.

Il lui dit qu'il comprenait qu'il était naturel qu'elle ignore combien de temps encore elle en voudrait à son père, mais que sa faute à lui était minime en comparaison. Il n'avait tout simplement pas eu le choix, et il s'en voulait terriblement d'avoir donné d'elle une image erronée. Il restait à cent pour cent dans son camp à elle, alors combien de temps encore pensait-elle l'ignorer ainsi, parce qu'il doutait qu'il puisse le supporter sur la longueur.

Elle lui tourna le dos et éteignit la lumière.

Au moins, elle ne l'avait pas chassé du lit à grands coups de pied.

Il se tourna et se retourna entre les draps durant toute la nuit, plongé dans des rêves où se mélangeaient attachements et détachements, conflits et réconciliations, et dominant tous ces sentiments contradictoires, la conviction profonde qu'en cherchant à plaire à chacun il avait déçu tout le monde.

57

Ils se réveillèrent dans un monde recouvert de neige fraîche, une neige qui tombait encore dru, des flocons blancs dans un ciel gris. Le sommet de la montagne restait totalement invisible. Jeff embrassa Chloe sur le front, mais elle ne bougea pas. Il la soupçonna de faire semblant de dormir, mais il ne voulait pas la pousser dans ses retranchements. Il lui avait prouvé son amour. Elle finirait bien par voir que tout ce qu'il faisait, tout ce qu'il avait fait, émanait de cet amour, et que cet amour était pur.

Dans la cuisine, il trouva Francis debout, tasse à la main, à côté d'une cafetière presque pleine. Il contemplait par la fenêtre la neige qui tombait et la scène de la veille ne semblait pas lui avoir laissé la moindre sensation de gêne ou confusion. Il proposa même une tasse à Jeff.

« Aujourd'hui nous allons skier », déclara-t-il.

Jeff opina.

« Toi et moi », précisa-t-il.

Jeff n'avait pas vu Francis skier, mais à sa façon de se mouvoir et de porter son équipement, il apparaissait clair qu'il était plus qu'aguerri.

« Je vous ralentirais, dit Jeff.

— Tu as eu un cours de remise à niveau, hier, non ? Je suis sûr que tu es fin prêt. Et puis après le mélodrame d'hier, un peu de distraction ne nous fera pas de mal. Ça laissera un peu de place à Alison et Chloe pour respirer. »

Jeff était gêné d'abandonner ainsi Chloe, d'autant qu'il s'était déclaré à cent pour cent de son côté, mais il savait que Francis avait raison : sa mère et elle avaient certainement besoin de se retrouver seules.

Chloe quitta mollement son lit peu après. Elle vida le fond de la cafetière dans une tasse sans leur adresser la parole.

« C'est un nouveau jour qui débute », déclara Francis.

Elle ajouta lait et sucre dans sa tasse.

« On se disait, fit Jeff, qu'on pourrait vous laisser du champ, à ta mère et toi, aujourd'hui. »

Elle but une gorgée de café, puis repartit dans la chambre. Jeff la suivit.

« Décide-toi, à la fin, fit-elle. Tu me laisses du champ, oui ou non ?

— C'est ce que je compte faire, oui. »

Il ajouta qu'il trouvait que c'était une bonne idée que sa mère et elle aient l'occasion de parler ensemble, qu'il pourrait se charger d'occuper Francis, et surtout qu'il lui restait totalement loyal, à elle, à cent pour cent, et qu'en l'occurrence le fait d'accompagner son père n'était pas un manquement à sa parole, mais précisément le contraire.

« Il ne peut pas y aller tout seul ? demanda-t-elle.

— Et où irais-je, moi ?

— Tu pourrais t'occuper de ton côté, toi aussi. »

En lui prenant la main, il lui rappela que Francis était

son patron, et pas n'importe lequel, un patron généreux, qui lui accordait un véritable intérêt.

« Vas-y, fit-elle en écartant sa main. Fais ce que tu veux. Fuis avec lui.

— Allez, quoi. Tu es injuste. »

Le regard qu'elle lui lança lui signifia très clairement qu'il était inutile de poursuivre cette discussion.

58

Jeff n'avait jamais vu autant de neige. La marche en chaussures de ski sur un tel terrain requérait de sérieux efforts. Il avait de la peine à suivre le rythme de Francis, qui lui parlait par-dessus son épaule durant leur progression, sans rien évoquer de la veille, ni des raisons de ce voyage, ni même de Chloe.

Francis déclara que cette journée serait un vrai jour de vacances. Ces petites querelles bassement humaines ne les empêcheraient pas de profiter des merveilles de la nature. Et à ce titre, il tenait à faire découvrir à Jeff un coin très particulier de cette montagne, son coin préféré entre tous.

Lorsqu'ils atteignirent le téléphérique, Jeff était essoufflé. La neige ne cessait de tomber. Il n'y avait pas de file d'attente. La petite cabine apparut, et ses portes s'ouvrirent automatiquement. Ils montèrent à bord, s'assirent l'un en face de l'autre, leurs genoux se touchant presque, leurs skis dressés à la verticale comme s'il s'agissait de lances.

Suspendue au câble, la cabine s'éleva au-dessus d'un tapis de bosses blanches. Jeff avait la bouche sèche. Très vite, ils ne virent plus que la zone qui les entourait immédiatement, une sphère de visibilité qui s'étendait tout juste à la cabine qui les précédait et à la piste en contrebas. Val-d'Isère disparut tout à fait. Un pylône surgit de nulle part et la cabine bringuebala sur une série de roues avant de se trouver à nouveau suspendue au câble. La condensation recouvrait les vitres tandis que dehors, les nuages continuaient de s'épaissir. Ils lévitaient dans un vide uniformément gris.

Francis, la paupière tombante, ses lunettes de ski sur le front, scrutait Jeff. Il semblait prendre un plaisir certain au fait d'avoir le jeune homme rien que pour lui, à portée de main, comme s'il s'agissait d'une sculpture ou d'un tableau dont il était le seul à pouvoir profiter. Un infime sourire plissa la commissure de sa bouche.

« Tu avais les cheveux longs », dit-il.

Il fallut un moment à Jeff pour assimiler ce qu'il venait d'entendre. Pour comprendre tout ce que contenaient ces cinq mots. Et en tout premier lieu, le fait qu'il s'était fait prendre. Il ne sut comment réagir. Francis arborait à présent un grand sourire, les yeux toujours braqués sur Jeff. Depuis combien de temps savait-il ? Depuis cette soirée où ils avaient fumé des cigares ? Francis l'avait-il invité ici uniquement pour ça ? Pour mettre un terme définitif à la vie qu'il était parvenu à se bâtir ?

Jeff fixa ses genoux, les siens et ceux de Francis. Il sentait le regard de son aîné, qui observait froidement les effets de sa phrase sur Jeff. Il avait allumé la mèche et éteint l'allumette d'un souffle.

Un nouveau bringuebalement, et les portes de la cabine s'ouvrirent brusquement dans une rafale d'air froid.

Francis descendit, skis à la main. Jeff envisagea de rester à bord pour redescendre aussitôt, retrouver Chloe avant Francis, lui dire qu'il l'aimait, attraper son passeport et disparaître quelque part en Europe. Et après ? Il n'en savait absolument rien.

« Alors, tu viens ou quoi ? »

Jeff se leva, les jambes en compote, et descendit de la cabine. La machinerie du téléphérique bourdonnait, distante, à ses oreilles. Il dut faire un effort conscient pour mettre un pied devant l'autre.

Dehors, Francis laissa tomber ses skis dans la neige et les chaussa dans des claquements francs. Jeff fit de même, avec la curieuse impression de se mettre deux boulets aux pieds.

« Tu n'en croiras pas tes yeux quand tu verras cette piste », dit joyeusement Francis.

Jeff examina son visage, à la recherche d'une trace de ce qu'il avait dit dans la cabine, mais son regard ne trahissait aucun autre sentiment que celui qu'il affichait. Francis chaussa ses lunettes de ski réfléchissantes, n'offrant plus à Jeff que son reflet miniature.

Francis se lança, et ses skis parfaitement parallèles parurent obéir au moindre de ses désirs. Jeff traînait à sa suite, alternant chasse-neige et réalignement de ses skis, accélérant pour ne pas perdre Francis de vue. La pente était graduelle, mais homogène, difficile à skier pour Jeff. Il était à nouveau à bout de souffle lorsqu'il arriva en vue de Francis qui, à l'arrêt, ne semblait pas du tout s'être dépensé.

« Tout se passe bien derrière ? » Francis n'attendit pas la réponse : il repartit aussitôt que Jeff se retrouva à sa hauteur.

L'air paraissait trop léger. Jeff avait du mal à reprendre son souffle. Pourquoi Francis lui imposait-il cela ?

La montagne était un territoire inconnu pour Jeff. Il était incapable de distinguer une piste d'une autre, ne lisait pas le français, ignorait le sens des symboles qui figuraient sur les panneaux, à peine visibles à travers la neige qui tombait toujours. Il n'était pas à bout de forces, pas encore, mais il espérait que le niveau de difficulté de la piste n'augmenterait pas davantage. Ce qu'il ne savait pas encore c'était qu'ils n'avaient toujours pas atteint la piste en question. Il ne s'en rendit compte que quelques instants plus tard, lorsqu'il rattrapa Francis, qui s'était de nouveau arrêté. La pente s'infléchissait en un véritable précipice et disparaissait plus loin. C'était le seul moyen de descendre la montagne.

« *Voilà !* L'Épaule du Charvet », déclara Francis dans un large sourire.

Jeff fut pris de nausée. La descente impossible qu'il avait sous les yeux lui signifiait clairement que Francis ne l'avait traîné jusqu'à ce sommet qu'à seule fin de le torturer, juste avant de faire voler son existence en morceaux. Le torturer et l'humilier, lui, le gamin, le blanc-bec, le jeune homme en qui Francis était censé se reconnaître.

Jeff ne pouvait pas descendre en ligne droite. C'eût été du suicide. Même le chasse-neige le plus caricatural ne lui aurait été d'aucune aide. La seule façon sensée de s'y prendre, c'était de faire de grandes traversées, d'un côté à l'autre de la piste. Lentement, sûrement. Il refusait de donner la moindre satisfaction à Francis. Il se mit à glisser quasiment à la perpendiculaire de la piste, ne parcourant qu'une infime portion du dénivelé, pour arriver très rapidement du côté droit. Il lui fallait aussitôt faire demi-tour pour repartir dans l'autre sens, mais s'il pointait les skis vers l'aval, ne serait-ce qu'un instant, il se mettrait aussitôt à glisser tout schuss, hors de contrôle, dans l'incapacité absolue de s'arrêter. Il s'assit donc dans la neige, leva les jambes, et posa ses skis à la perpendiculaire de la pente, avant de se redresser à l'aide de ses bâtons. Cette fois, il tenta de pointer les skis un peu plus en aval, et gagna aussitôt en vitesse. Et puis soudainement, sans crier gare, il heurta une bosse très dure cachée sous la poudreuse fraîche, tomba et se réceptionna sur la hanche, avant de glisser sur le ventre, la tête la première, s'efforçant de ralentir avec ses skis, dont l'un se décrocha de sa chaussure. Lorsqu'il parvint à s'arrêter, il rampa jusqu'au ski qu'il avait perdu, et tâcha de trouver un moyen de le remettre. À cet instant, Francis l'éclaboussa de neige en s'arrêtant légèrement en contrebas.

« Besoin d'un coup de main ? »

Jeff ne répondit pas. Il parvint à fixer seul son ski et se releva. Francis repartit à vive allure, les genoux semblables à des amortisseurs, bondissant d'une bosse invisible à la suivante, jusqu'à disparaître.

Seul sur la piste, gelé, trempé et exténué, avec sa hanche qui l'élançait, Jeff fulminait. Le paysage était si blanc et si abrupt qu'on aurait presque cru que la neige ne tombait pas et que la terre s'élevait à sa rencontre. Il fallait à tout prix qu'il descende de cette montagne. Il enchaîna plusieurs autres traversées, tomba à quelques reprises – profitant de cette occasion pour réduire son altitude en glissant sans cérémonie sur les fesses – et parvint enfin au pied de la pente, où Francis l'attendait.

« Prends tout ton temps, surtout », dit-il.

Jeff ne lui répondit pas. Francis cessa alors tout sarcasme, tel un chat offrant un court répit à une souris avant le prochain assaut.

« Sérieusement, laisse-moi te donner un bon conseil. Tu peux skier jusqu'en bas. Tu n'as qu'à t'engager pleinement dans tes virages. Un peu comme si tu sautais à cloche-pied, si tu veux. » Il en fit la démonstration sur place. « Le prochain tronçon est légèrement plus difficile, mais la dernière ligne droite est très longue. Si tu commences à prendre de la vitesse malgré toi, fléchis les genoux, pointe tes skis vers l'aval et tiens bon. Tu finiras bien par t'arrêter. »

Jeff se rendit alors compte qu'il se trouvait sur un petit plateau séparant deux grosses descentes, la première tournant vers la droite jusqu'à disparaître, comme celle qu'ils venaient de parcourir. Plus loin en contrebas, tout était gris et blanc : impossible d'en voir le bout.

La piste se rétrécissait, les traversées se firent plus courtes, et Jeff dut changer de cap plus souvent. Afin de ne pas peser trop lourdement sur sa hanche douloureuse, il essaya de tourner les jambes raides, et faillit glisser en ligne droite. Il ne parvenait pas à comprendre comment on pouvait prendre du plaisir à une telle activité. C'était de la souffrance à l'état pur, tout juste guidée par le désir d'arriver au bout, le désir de rentrer chez soi. Mais quel bout ? Et quel chez-soi ?

Francis sifflait en amont. Il s'élança, les skis parallèles, franchissant les bosses cachées avec la même facilité qu'auparavant. Jeff l'observa, analysant sa technique tout en sachant que cela ne lui servirait à rien. Francis faisait étalage de ses talents, en rajoutait toujours plus, décuplant l'humiliation. Il passa aussi près que possible de Jeff sans le percuter, sans prononcer le moindre mot, filant loin devant.

Jeff s'interrompit en pleine traversée, remuant ses bâtons pour tenter de rétablir son équilibre après le passage fulgurant de Francis, et tomba délicatement sur le flanc de la montagne. Lorsqu'il arriva à se relever pour la énième fois, Francis n'était plus qu'une silhouette sombre, un peu plus loin, perchée sur un côté de la piste, à reprendre son souffle.

Jeff se demanda alors ce qui arriverait s'il pointait ses skis vers le bout de la pente. Ses genoux seraient-ils en mesure d'amortir l'impact des bosses ? Pourrait-il dévaler la piste d'une traite, filer sous le nez de Francis, et sortir victorieux de cette terrible épreuve ? Il fit deux traversées en réfléchissant à cette éventualité, testant des angles plus abrupts, ses skis rebondissant au gré du relief. Non, s'il allait plus vite que cela, il lui serait impossible de s'arrêter.

Francis repartit, et Jeff ne put s'empêcher d'être frappé par la vitesse et la beauté de sa technique, en sachant pertinemment que jamais de toute sa vie il ne parviendrait à skier ainsi, à répondre au terrain avec autant d'agilité et d'intuition, en maintenant cet équilibre hors du commun, comme si sa tête était montée sur un cardan. Francis suivait à la perfection le tempo de la pente, maîtrisait le moindre de ses gestes, sans jamais perdre la cadence, même lorsqu'il se mit à accélérer. Avait-il l'intention de descendre d'une traite le reste de la piste ?

Puis tout à coup, Francis perdit complètement le rythme, les bosses le punissant l'une après l'autre jusqu'à ce que la dernière le propulse dans les airs. Il retomba violemment, ses jambes cédant sous son poids, et il se mit à rouler dans la neige.

Jeff se concentra alors sur sa descente, s'appliquant à enchaîner les traversées. Il rejoignit enfin Francis, étendu dans la neige, la tête orientée vers le bas de la montagne, ses chaussures toujours fixées aux skis. Jeff n'arrivait pas à distinguer si ses yeux étaient ouverts ou fermés derrière ses lunettes réfléchissantes.

« Comment vous sentez-vous ? » demanda-t-il.

Il n'y eut pas de réponse.

« Je vais chercher de l'aide », dit-il.

Il reprit sa descente, traversant la piste de gauche à droite, de droite à gauche, la chute de Francis tournant en boucle dans son esprit. Il alerterait les pisteurs-secouristes aussitôt arrivé en bas.

59

Jeff haussa les sourcils à mon attention, comme pour me dire : « Voilà. »

« Tu as trouvé de l'aide ? demandai-je.

— J'ai tant de fois refait le film de ce qui est arrivé sur cette montagne. Des possibilités sans nombre. Je me suis convaincu que j'avais fait ce qu'il fallait faire, en allant chercher des sauveteurs. Mais j'ai tout de suite su. Je refusais de me l'avouer, mais quand je l'ai vu tomber, quelque chose en moi a tout de suite su ce qui était arrivé. C'était moins une chute qu'un affaissement. Tous ses muscles ont lâché d'un coup. Comme si quelqu'un avait coupé les fils d'une marionnette.

— Son cœur ? demandai-je.

— Les pisteurs sont montés avec une motoneige et un brancard. Un petit groupe de skieurs s'étaient arrêtés. Le temps qu'ils le rejoignent, il était déjà recouvert d'une fine couche de neige fraîche. Il était dans le même état que s'il avait succombé aux éléments en plein Everest.

— Tu n'aurais pas pu le sauver, dis-je afin de le réconforter.

— C'est gentil de ta part. C'est peut-être même vrai. Mais il n'en demeure pas moins que, cette fois, je n'ai pas même essayé. »

60

Il me regarda, alors qu'il approchait enfin de la conclusion de son histoire, une histoire que j'essayais encore de saisir dans sa globalité, une histoire qu'il semblait avoir racontée à l'improviste, sans répétition ni préparation, totalement spontanément en tombant sur le public idéal – idéal parce que je l'avais connu jadis, quand il avait bon fond, pour reprendre ses termes, ou comme j'en étais venu à le soupçonner, parce que j'étais susceptible de transformer son récit en une espèce de (je déteste ce terme) *roman à clef** à destination d'une horde invisible de lecteurs anonymes, dont les consciences combinées auraient constitué une sorte d'archive au sein de laquelle sa version personnelle se serait enracinée, enfin libérée de son crâne, enfin affranchie de sa condition de mortel, ou peut-être à l'attention de ceux qui le reconnaîtraient malgré les modifications de noms, ceux qui le connaissaient et croyaient connaître son histoire, afin de se racheter à leurs yeux, ou pour leur faire indirectement ses aveux, pour se justifier ou satisfaire ses critiques, cela, je n'aurais su le dire, il me regarda, peut-être las d'avoir tant parlé, las d'avoir passé le plus clair de sa journée dans un lounge première classe, las d'avoir un peu trop bu, il me regarda – comment le décrire autrement ? – d'un air de supplication.

61

Après avoir averti les pisteurs-secouristes, dit-il, il se mit à attendre, longtemps. Il était à l'affût de toute information relayée par les émetteurs radio. Il ne parlait pas français, ne comprenait pas la langue, aussi ne savait-il pas ce qui se disait, mais à un moment donné l'un des hommes équipé d'un émetteur radio ferma les yeux et secoua la tête. Ce fut à cet instant que Jeff comprit ce qu'il savait déjà. Francis n'était plus de ce monde. La même anomalie cardiaque qui avait failli le condamner à la noyade en plein océan, ce matin si lointain, l'avait de nouveau frappé à la suite d'un effort physique trop intense.

Une anomalie que les docteurs n'avaient su déceler parce que, ainsi que Jeff le découvrit plus tard, Francis ne leur avait pas divulgué sa consommation régulière de cocaïne.

Une ambulance fit retentir son chant plaintif, typiquement européen, et se gara tout près. Les pisteurs-secouristes émergèrent de la brume grise, traînant le brancard, secoué par les bosses recouvertes de neige, chargé du corps harnaché de Francis. Jeff lut sur leurs visages qu'il ne restait plus le moindre espoir.

Les ambulanciers suivirent leur routine, transférant Francis sur une civière pour le faire disparaître à l'arrière de leur véhicule. Un bref instant, la vue des ambulanciers et de la civière, le souvenir de la silhouette de Francis, obscure, au loin, donna à Jeff l'impression de vivre une sorte d'écho du sauvetage sur la plage, et l'impression que ce matin-ci marquait la fin de quelque chose qui avait débuté cet autre matin, une dilatation, impulsée par Jeff, au cœur de laquelle Francis avait eu le droit de prolonger un peu son existence. Jeff n'avait pas sauvé la vie de cet homme, il n'avait que repoussé sa mort.

Son esprit débordait de ce genre de considérations qui lui évitait de penser à ce qu'il avait fait, ou, plus justement, à ce qu'il n'avait pas fait. Qui lui évitait également d'éprouver un soulagement infini à l'idée que son secret ne serait jamais révélé. La chance avait souri à l'innocent.

Au chalet, il trouva Alison et Chloe en survêtement, un verre à la main. Elles avaient fait une balade en raquettes, et une bataille de boules de neige. La nature avait sur elles l'effet prédit par Francis. Mère et fille avaient décidé de prendre la vie du meilleur côté possible. Chloe adressa à Jeff un sourire chaleureux, se rappelant soudain qu'elle était censée lui en vouloir encore. Il ignorait à quel point elle lui en voulait véritablement, et surtout combien de temps cela aurait duré si ce qu'il s'était passé n'était pas arrivé, mais ses doléances sembleraient bientôt mesquines et insignifiantes en regard de ce qui s'annonçait, à l'instar d'un feu de broussaille sur lequel on s'apprêtait à larguer une bombe A.

Il ne savait absolument pas comment le leur annoncer. Francis était mort. Jeff n'en avait pas eu la confirmation, il avait quitté le poste des pisteurs-secouristes pour rentrer au chalet, seul. Mais il en était sûr. Que pouvait-il leur dire ?

« Il y a eu un accident. Il faut que vous appeliez l'hôpital. »

Chloe et d'Alison l'assaillirent de questions.

« Je n'en sais rien, il est tombé. Les secouristes sont venus. »

Où ? voulaient-elles savoir. Comment ?

« L'Épaule du Charvet », répondit-il.

Chloe le regarda, confuse. « Il a fait une chute sur cette piste ? Comment le sais-tu ? Tu étais avec lui ? »

Jeff hocha la tête.

« Il t'a emmené sur cette piste ? C'était impossible que tu en ressortes en un seul morceau.

— Je ne sais pas, fit Jeff. Peut-être que c'était le but. »

Alison était déjà au téléphone, elle parlait en français, répétait le nom de Francis. Toute couleur quitta alors son visage et elle se tut.

« Ils m'ont dit que nous devions nous rendre à l'hôpital. Ils ne peuvent pas en dire plus.

— Qu'est-ce que ça signifie ? » demanda Chloe. Elle se tourna vers Jeff. « Est-ce qu'il allait bien, la dernière fois que tu l'as vu ?

— Je ne suis pas médecin. J'ai fait aussi vite que j'ai pu pour trouver de l'aide. »

Chloe éclata en sanglots. Jeff la serra dans ses bras, et elle ne le repoussa pas.

62

La canonisation débuta immédiatement. On se souvint de Francis pour sa générosité, son œil, pour avoir été le meilleur père dont on ait jamais pu rêver, un homme d'affaires habile et inflexible, pour avoir bâti des carrières, pour son énergie, pour avoir été le « roc » d'Alison, pour son goût de l'aventure, son indéfectible curiosité, ses facultés d'accompagnement, le soutien qu'il apportait aux artistes connus comme aux plus confidentiels, l'aide qu'il avait apportée à la communauté muséale, son œuvre de mécène, la vision qu'il avait de l'avenir des galeries et de l'art contemporain en Amérique, ses décisions peu populaires mais toujours très justes, l'exemple qu'il laissait à la postérité, son talent pour organiser des fêtes géniales – la liste était sans fin.

Naturellement, personne n'évoquait ses infidélités, sa perfidie, son penchant pour la domination et l'humiliation, son approche purement mercantile d'à peu près toute forme d'art, ses hurlements, ses licenciements sur un coup de tête, son incapacité (à moins que cela ne fût un refus forcené de sa part) à prendre en compte les sentiments d'autrui, son avarice, sa tendance à faire de la vie de ses proches un véritable enfer.

La colère de Chloe contre son père se transforma en un regret lancinant et acéré de l'avoir définitivement perdu à un moment où elle ne lui adressait plus la parole. L'irréversibilité de cette tragédie constituait à ses yeux une injustice cosmique.

Alison, elle, était incapable de parler de Francis sans que ses yeux se gonflent de larmes, mais le reste de sa vie s'améliora incommensurablement. Elle était à présent libre, indépendante, et elle ne se déroba pas face aux défis qu'il lui fallut relever. Elle hérita de la galerie, et, se souvenant parfaitement des longs monologues de Francis au sujet de Marcus et Andrea, ne promut ni l'un ni l'autre au sommet de la direction, mais l'assuma elle-même, avec talent, prouvant à l'occasion que son œil était bien supérieur à celui de son mari, sans même parler de son talent pour dénicher des femmes artistes, sous-représentées dans le monde de l'art, et qui jamais n'auraient correspondu aux goûts libidineux de feu son époux. En outre, elle fit preuve d'une gentillesse et d'une générosité inédites, comme si le fait d'être mariée à Francis avait bridé jusque-là ses traits de caractère les plus bienveillants.

La maison rêvée de Mandeville, où Jeff avait tenté en tout premier lieu de retrouver Francis, fut revendue aussitôt les travaux finis.

63

« La galerie ne s'est donc pas effondrée ?

— Je n'avais pas anticipé le rôle d'Alison.

— Et maintenant tu es toi-même marchand d'art. »

Il acquiesça : « Pendant un certain temps, ça n'a pas été simple. Alison et Chloe se sont renfermées sur elles-mêmes, en s'épaulant l'une l'autre. Je ne savais pas où était ma place dans ce nouveau tableau. J'ai continué à travailler à la galerie. Chloe et moi étions encore ensemble, techniquement. Mais je gardais un peu mes distances. De la même façon que je m'étais senti responsable de tout ce qui arrivait du vivant de Francis, je me sentais à présent responsable de tout ce qui découlait de sa mort sur cette piste de ski, parce que j'étais convaincu – en dépit de ce que tu m'as dit, en dépit de ce que je crois à présent, et qui est probablement vrai – j'étais convaincu que j'aurais pu le sauver. Après tout, j'y étais parvenu une première fois, pas vrai ? J'avais donc le sentiment que chaque larme versée, chaque souvenir magnifié, absolument tout tirait son origine de ma décision, une décision que je ne me rappelais pas même avoir prise à proprement parler. Les funérailles, les avis de décès, les articles : tout ça, c'était de mon fait. Il ne faut jamais salir la mémoire des disparus, mais cela prit des proportions absurdes. J'avais envie de hurler : personne ne se souvient de qui était vraiment ce type ?

— Crois-tu que tu essayais de minimiser l'aspect tragique de cet événement ? »

Jeff me regarda droit dans les yeux. « Je m'efforçais de garder présente à l'esprit cette idée de dilatation, l'idée selon laquelle Francis avait bénéficié d'un délai supplémentaire, délai qu'à mon sens il avait gaspillé. S'il avait encore été parmi nous pour donner son point de vue, il se serait sûrement justifié en expliquant qu'il avait voulu croquer la vie à belles dents, une dernière fois, en prenant la plus grosse bouchée possible.

— La Porsche.

— Oui. Astrid. Tout.

— Et aujourd'hui, tu penses encore qu'il a gaspillé son délai supplémentaire ? »

Jeff remonta ses lunettes sur son front pour se frotter les yeux. « Je n'en sais rien. Ses choix me semblent plus sensés à présent.

— Sais-tu ce qu'il est advenu d'Alison et Chloe ? »

Il éclata de rire, leva la main gauche, une alliance en platine à l'annulaire. « Il a fallu pas mal de temps pour que tout rentre dans l'ordre.

— Attends un peu. Tu l'as épousée ?

— Ouaip.

— Et FAFA ?

— Après sept ans à la tête de la galerie, Alison m'a demandé de prendre le relais. Nous avons fermé l'espace de Beverly Hills, pour nous recentrer sur celui de New York.

— Francis avait vu juste à ton sujet.

— Je n'irais pas jusque-là. »

J'essayais de déchiffrer son expression. Il affichait un curieux sourire satisfait, d'une candeur absolue.

Il avait détrôné le roi, épousé la princesse et s'était emparé du royaume. S'attendait-il vraiment à ce que je croie qu'il avait fait tout cela en toute ingénuité, qu'il avait foncé droit devant, de gaffes en déconvenues, uniquement guidé par les meilleures intentions au monde ? Je pense que oui. Et en outre, à cet instant précis en tout cas, il semblait lui-même y croire.

64

Un homme d'un certain âge vêtu d'un uniforme nous informa alors que l'équipe de vol était prête et que nous pourrions très vite monter à bord de notre avion.

Jeff se leva et arrangea sa veste. Incroyable, l'effet que pouvaient faire un costume exempt de plis, une élégante valise à roulettes et une paire de lunettes transparentes. Il ne ressemblait pas à quelqu'un qui avait passé sa journée à boire, mais à un homme de goût et de raffinement sur le point de rencontrer des clients. Je surpris brièvement mon reflet sur le verre noir, mon sac à dos miteux, mon treillis, ma chemise informe boutonnée jusqu'en haut. Un bon coup de brosse s'imposait. J'avais du mal à distinguer mon visage, mais je savais quelle tête j'avais. Celle d'un homme qui avait brûlé la chandelle par les deux bouts.

Je lui emboîtai le pas en direction de la sortie du salon, saluai Saskia de la main, pris l'ascenseur avec lui et le suivis jusqu'à la porte d'embarquement. Et je revis ses cheveux impeccablement rasés au-dessus du col. Et tout comme lorsque nous avions rejoint l'ascenseur du lounge première classe, il ne regarda pas une seule fois par-dessus son épaule pour s'assurer que je le suivais.

Très vite, les voyageurs de première classe furent invités à embarquer. Jeff se tourna vers moi, me planta dans les yeux un regard dont la solennité se liquéfia en quelque chose qui ressemblait à de la tristesse, et me remercia d'avoir écouté son histoire.

« À présent elle t'appartient. Elle existe hors de moi. Libre à toi d'en faire ce que tu voudras. »

C'était donc bien ça. Il voulait que je l'écrive. Et je n'en avais pas la moindre intention.

« C'est tout ? demandai-je.

— Tu m'as écouté avec une telle patience. Je t'avoue que j'ai envie de savoir. Que penses-tu de tout ce que je t'ai raconté ?

— Tu as fait ce que n'importe qui aurait fait à ta place », répondis-je.

C'était la réponse la plus proche d'une bénédiction que j'étais en mesure de lui donner. Que je n'y croie pas ne faisait aucune différence. Cela parut lui plaire. Il me serra la main.

« Je suis vraiment content de t'avoir recroisé », dit-il.

Il s'avança vers les bornes des première classe où personne ne faisait la queue, scanna sa carte d'embarquement, et glissa le long de la passerelle. Il se déplaçait avec la légèreté de quelqu'un qui venait de se soulager d'un lourd fardeau.

Ma carte à moi indiquait qu'il me faudrait laisser passer trois groupes avant de monter à bord. Je me fondis dans un attroupement que certains traversèrent à l'appel de leur groupe d'embarquement, tandis que d'autres restaient plantés là, une masse de besoins et de désirs qui entraient en compétition, une masse d'identités individuelles avec leurs propres goûts, leurs propres peines et leurs propres plaisirs, qui jouaient des coudes pour se retrouver à leur place, bagages à main rangés, ceintures attachées, et enfin aller à la rencontre de ce qui les attendait de l'autre côté de l'océan.

65

Berlin fut un fiasco. En définitive, j'étais hélas loin d'y être un auteur culte. Mon éditeur allemand, érudit et fataliste, m'invita à dîner à titre de consolation. Je lui fis savoir que j'avais bloqué deux jours pour les interviews. Il me dit qu'il ne manquerait pas de m'informer de toute nouvelle demande, le cas échéant.

Il était trop poli pour énoncer explicitement l'évidence : ma venue ici n'était d'aucune utilité.

Je tâchai d'en profiter autant que possible. Dans un état proche du somnambulisme, je passai devant la porte de Brandebourg, Checkpoint Charlie, le Reichstag, le Mémorial de l'Holocauste, etc.

La nuit venue, je m'étendis sur mon lit, victime du décalage horaire, parfaitement éveillé, les yeux rivés au plafond de ma chambre minable. En l'absence de sollicitation, mon attention fut naturellement comblée par mes réflexions sur cette rencontre inopinée avec Jeff Cook. Je ne parvenais pas à me défaire de l'image de son expression lorsqu'il avait exprimé ses doutes quant au fait que Francis avait vu juste à son sujet. Ce sourire de conquérant malgré lui. Quelque chose me dérangeait dans ce sourire et me poussait malgré moi, même lorsque je m'efforçais de penser à autre chose, à passer en revue tous les détails de son récit.

Presque sans m'en rendre compte, je me retrouvai soudain penché au-dessus de mon ordinateur portable, en pleines recherches sur lui, sur FAFA, sur Francis Arsenault.

Tout corroborait sa version des faits, comme il l'avait laissé entendre, à une exception près.

Dans les tout premiers articles concernant la mort de Francis, pas ceux qui furent publiés dans le *New York Times* ou *Der Spiegel*, mais ceux de la presse régionale française, il n'était pas écrit que Francis Arsenault était mort d'une défaillance cardiaque, mais des suites de ses multiples blessures, après avoir été violemment percuté par un autre skieur.

REMERCIEMENTS

Ce roman n'aurait jamais existé sans les efforts et le soutien de :

Jack Livings, Sarah Manguso, Sarah Shun-Lien Bynum, Lauren Wein, Anna Stein et Chrissy Levinson Wilson. Je leur suis éternellement reconnaissant.

Composition : PCA
Achevé d'imprimer
par CPI Firmin-Didot
à Mesnil-sur-l'Estrée, en janvier 2023
Dépôt légal : janvier 2022
Numéro d'imprimeur : 172948

ISBN : 978-2-07-299343-5/Imprimé en France

545210